김문형 新무협 판타지 소설

FANTASTIC ORIENTAL HEROES

실명무사 ㅁ

김문형 新무협 판타지 소설

초판 1쇄 찍은 날 § 2019년 11월 12일
초판 1쇄 펴낸 날 § 2019년 11월 19일

지은이 § 김문형
펴낸이 § 서경석

총괄팀장 § 노종아
편집책임 § 신나라

펴낸곳 § 도서출판 청어람
등록번호 § 제387-1999-000006호
등록일자 § 1999. 5. 31
어람번호 § 제2-2816호

주소 § 경기도 부천시 부일로 483번길 40 서경B/D 3F (우) 14640
전화 § 032-656-4452 팩스 § 032-656-4453
http://www.chungeoram.com
E-mail § chungeorambook@daum.net

ISBN 979-11-04-92083-7 04810
ISBN 979-11-04-91975-6 (세트)

9

실명 무사

김문형 무협 판타지 소설

FANTASTIC ORIENTAL HEROES

1장. 육룡채의 기사(奇事)　　　　　7

2장. 청면의 흉계　　　　　57

3장. 중원에 창궐하는 망자　　　　　131

4장. 쥐딫　　　　　193

5장. 태평루의 참극　　　　　255

1장.

육룡채의 기사(奇事)

"내가 찾는 문신사는 육룡채에 있다."

이강이 말하자 하오문 문주가 입가를 굳힌 채 침음하는 것이었다.

강호 사정에 어두운 정영이 궁금하다는 눈빛으로 물었다.

"육룡채가 어디요?"

"후후후, 중원의 온갖 정보를 쥐고 있는 하오문 문주님께 여쭤보지 그러냐?"

"…육룡채는 강호에서 가장 악랄하고 비열한 자들이 모여 있는 곳이다."

남자가 얼굴을 굳힌 채 설명했다.

"육룡채에 몸담은 자들은 강호의 법칙을 따르지 않지."

"흑도 무리가 강호의 법칙이라니 우습군."

정영이 코웃음을 쳤지만 뜻밖에도 남자는 진지한 기색을 지우지 않았다.

"흑도인과 하오문도 나름대로 따르는 법칙이 있다. 하지만 육룡채 놈들은 자기 안위만 챙길 뿐, 강호 일에는 신경도 쓰지 않지. 바로 이자처럼."

남자가 검지를 들어 이강을 가리켰다.

이강이 킬킬거리며 말했다.

"강호 사대악인한테 뭘 바라는데?"

탁. 그가 술잔을 탁자 위에 세게 내려놓더니 무명과 정영 쪽으로 고개를 돌리며 물었다.

"강호 사대악인에 꼽히는 이 몸도 육룡채 놈들한테는 대접받지 못할 거다. 거기는 각자 알아서 살아남는 곳이니까. 어떻게 할 테냐? 그래도 따라올 셈이냐?"

이강이 겁을 주었지만 무명은 표정 하나 변하지 않은 채 고개를 끄덕였다.

"물론이오. 그자가 고문사 중에서 그리 유명하면 난쟁이의 소식도 알고 있을지 모르겠군."

"서생 놈, 역시 간덩이 하나는 부었다니까. 네년은?"

"나는 무명 일을 돕는 중이니 함께 갈 것이오."

"크크크, 그동안 단단히 정분이 난 모양이군."

"뭐라고?"

정영이 발끈해서 노려봤으나 이강은 그녀를 무시하며 하오문 문주에게 고개를 돌렸다.

"네놈도 가는 거냐?"

"방파를 배신한 자가 도망쳤는데 문주가 직접 가서 이유를 들어봐야지. 거기가 육룡채든 소림사든 간에."

"두 군데 모두 악랄하기는 똑같은 곳이군."

이강은 연신 킬킬대면서 몸을 일으키더니 누가 따라오든 말든 신경 쓰지 않는다는 몸짓으로 성큼성큼 밖으로 걸어 나갔다.

무명과 정영은 이강과 하오문 문주를 뒤따라서 기루 밖으로 나왔다.

이강은 골목을 나가더니 큰길에서 대뜸 인력거를 빌렸다. 인력거꾼이 세상 편한 자세로 걸터앉은 이강을 태우고 거리를 달렸다.

무명, 정영, 문주도 각자 인력거를 하나씩 빌렸다.

"저 인력거를 따라가시오."

곧 네 대의 인력거가 비좁은 골목을 일렬로 달리기 시작했다.

인력거가 멈춘 것은 족히 낮잠 한 번 잘 시간이 지났을 때였다.

거리는 지나다니는 사람은커녕 쥐새끼 한 마리 보이지 않을 만큼 적막했다. 또한 사방에는 삼 층 이상 되는 건물이 끝없이 줄을 잇고 있었는데, 그중 어떤 곳도 불빛이 비치지 않아서 사람이 살지 않는 폐가들로 보였다.

일행은 인력거를 타고 꽤 먼 거리를 이동했다. 하지만 아무리 도성 외곽이라고 해도 대명의 수도에 이런 음침한 곳이 존재한다는 것은 직접 눈으로 보지 않는 이상 아무도 믿지 않을 법했다.

인력거꾼이 뒤에 앉은 이강을 돌아보며 말했다.

"여기서부터는 인력거가 못 들어갑니다만……."

"돈을 더 낼 테니 안으로 들어가자."

"설마 더 가자는 말씀입니까?"

"크크크, 됐다. 여기서 내리기로 하지."

이강은 인력거꾼을 놀리려는 생각이었는지 계속 가자고 겁박하지 않고 흔쾌히 인력거에서 내렸다. 막 도착한 무명 등도 따라서 내리자, 인력거꾼들은 얼굴빛이 사색이 되어서 달아나듯이 인력거를 끌고 사라졌다.

이강이 어깨를 으쓱거리며 말했다.

"두 발로 걸어서 가는 수밖에 없겠군."

그가 건물 사이로 난 골목으로 들어가며 앞장섰다.

골목은 갈수록 비좁아지는 것은 물론, 양옆에 늘어선 건물의 벽이 점점 높아져서 햇빛마저 들지 않을 정도였다. 마치 하늘이 없고 천장으로 막힌 황궁 밑의 지하 도시를 걷는 기분마저 들었다.

이강의 뒤를 따라가는 도중에 정영이 무명에게 말했다.

"이강을 조심해야겠소."

"왜?"

"몰라서 묻소? 우리가 따라가는 게 탐탁지 않은 듯하니 언제 배신할지 모르오."

"이강은 내가 따라오길 바라고 있었소."

"그게 정말이오?"

정영이 눈을 동그랗게 뜨며 묻자 무명이 고개를 끄덕였다.

"아방궁의 문신사를 찾는다는 말을 왜 꺼냈겠소? 나한테 얘기가 흘러 들어가길 노리고 일부러 한 말이오."

"대체 왜?"

"이유는 하나요."

무명은 앞서가는 이강의 등 뒤를 슬쩍 쳐다보며 말했다.

"내게 남은 마지막 빚을 갚으려는 것이오."

"하하, 흑도인 주제에 제법 강호의 정리를 아는 자로군."

정영이 헛웃음을 터뜨렸다.

하지만 무명은 냉랭한 얼굴로 천천히 고개를 저었다.

"강호의 정리? 그럴 리가. 빚을 갚아야 나와의 인연을 깨끗이 정리할 수 있기 때문이오."

"……"

"이번에 빚을 갚으면 그는 나와 아무 사이도 아니오. 만약 필요하다면 언제라도 내 목숨을 빼앗으려고 들지 모르오."

무명은 담담한 어조로 말을 끝냈는데 그것이 오히려 정영의 등줄기를 오싹하게 만들었다.

그러는 중에도 이강은 어두컴컴한 골목을 재빠르게 걸어갔다.

정영이 눈썹을 찡그리며 중얼거렸다.

"대체 육룡채는 얼마나 더 가야 나오지?"

옆에서 문주가 궁금함을 풀어주듯 대답했다.

"여기가 바로 육룡채요."

"뭐라고? 여기는 그냥 골목이지 않소?"

"육룡채는 건물 한 채가 아니라 이 거리 전체를 통틀어서 부르는 말이오."

"말도 안 되오. 거리를 통째로 흑도인들이 장악하고 있다니."

정영이 어이없다는 표정을 하자 문주는 더 할 말이 없다는 듯 어깨를 으쓱해 보인 뒤 앞으로 걸어갔다.

육룡채가 건물 한 채가 아니라는 문주의 말은 사실이었다. 사방이 보이는 건물들이 사람 하나 들어갈 틈도 없이 바싹 붙어 있어서 마치 하나의 건물처럼 보였기 때문이다.

건물들은 처마가 하나 보일라치면 그 위에 겹겹으로 지붕이 올려져 있었다. 원래 몇 층짜리 건물인지 알아볼 수 없는 거리. 육룡채의 건물들이 계속해서 증축에 증축을 거듭했다는 뜻이었다.

사정이 그러니 햇빛이 들어오지 않는 것도 당연했다.

마치 괴물의 배 속에 들어온 듯한 기분을 느끼게 만드는 거리, 육룡채.

갑자기 선두에서 걷던 이강이 큰 소리로 말했다.

"육룡채가 왜 생겼는지 아냐?"

그는 누가 묻지도 않았는데 육룡채에 대해서 길게 설명을 늘어놓기 시작했다.

"구륜사가 쳐들어오자 정파와 사파가 손을 잡았지. 지들끼리 싸우다가는 중원이 통째로 넘어갈 판이었으니까. 한데 명문정파 놈들은 본거지가 있지만 흑도 놈들은 따로 모일 데가 없었지. 그래서 도성에 모인 곳이……."

"육룡채라는 말이오?"

"그래. 관과 연줄이 있는 흑도 놈들이 이곳에 흑점을 차리고 무림맹에게 인력과 정보를 제공했다."

이강이 무명 쪽으로 고개를 돌리며 말했다.

"문제는 갑자기 방파 하나가 나타나더니 살수들을 보내서 구륜사의 고수를 죽이기 시작한 거였지. 거기가 어딘지 알겠냐?"

"…흑랑성?"

"서생 놈, 잔머리 하나는 빠르다니까. 흑랑성 덕분에 더는 흑도 놈들 손을 빌릴 필요가 없어지자 무림맹은 입을 씻고 모른 척했다."

"무림맹이 그럴 리가 없소!"

"네년이 걸음마 하기도 전의 일이다, 후후후."

정영이 화를 내자 이강은 웃음을 흘리면서 말을 이었다.

"구륜사 전쟁이 끝나자 명문정파 놈들은 중원의 영웅 대접을 받았지만 흑도 놈들은 살인마 취급을 받았지. 갈 곳이 없어진 흑도 놈들이 하나둘 흑점에 모여들었으니, 거기가 바로 여기 육룡채다."

"그때 중원에서 아예 사라졌어야 됐소."

"네년 같은 명문정파 놈들이 아무나 싸잡아 흑도라고 낙인찍는데 사라질 리가 있을까? 사대악인도 그때 이름 지어졌지."

"자신의 악행을 남 탓으로 돌리지 마시지."

"후후후, 뼈아픈 지적이군."

이강은 그 말을 끝으로 고개를 돌리더니 더는 입을 열지 않았다.

곧 그는 걸음을 멈추더니 골목에 난 문으로 들어갔다.

일행은 이강을 따라 건물로 들어갔다. 건물 내부는 기름불은커녕 햇빛 한 점 들지 않아서 일장 앞도 보이지 않을 만큼 어두웠다.

또한 건물은 끝없이 옆의 건물과 이어져 있어서 복도와 계

단이 미로처럼 얽혀 있었다. 복도가 얼마나 복잡한지 모르는
자가 들어왔다면 길을 잃는 것도 예사이리라.

하지만 이강은 복잡한 건물 안을 안방처럼 척척 걸었다.

곧 복도는 막다른 곳에서 끝이 나고, 그 옆에 방 하나가 나
왔다.

"여기가 강호의 쓰레기들이 모두 모인다는 육룡채의 흑점이
다."

이강은 마치 오랜만에 고향에 돌아온 사람처럼 신을 내며
안으로 들어갔다. 일행 셋도 그의 뒤를 따랐다.

뜻밖에도 방 안은 복도와 계단이 비좁았던 것과는 달리 제
법 넓었는데, 안에는 수십 명이 넘는 사람들이 군데군데 모여
서 각자 할 일을 하고 있었다.

그들은 무명 일행이 방에 발을 들여도 쳐다보지 않았다. 간
혹 두어 명이 슬쩍 눈알을 굴려서 일행을 훔쳐봤으나 곧 고개
를 돌리며 신경을 끄는 것이었다.

정영이 어깨를 으쓱하며 말했다.

"여기가 강호에서 가장 비열한 자들이 모이는 곳이라고? 별
로 위험한 것 같지 않소만?"

"그렇게 생각하오?"

무명이 그녀의 말에 반박했다.

"저들의 눈빛을 보시오. 바로 옆에서 사람이 죽어도 신경
쓰지 않을 자들이오."

"으음……."

정영이 입을 다물며 침음했다.

무명의 말대로 수십 명의 흑도인들은 하나같이 눈빛이 싸늘하게 가라앉아 있었는데, 그 모습이 사람이 아니라 꼭 짐승의 눈동자처럼 보였던 것이다.

이강이 흑도인 중 한 무리를 향해 다가갔다.

그들은 한창 도박에 열중하고 있었다. 주사위 세 개를 빈 그릇에 넣고 굴린 다음 나온 족보의 등급을 겨루는 도박이었다.

"사오육 나와라!"

"크하하하! 일이삼이다!"

"이런 제길!"

"내 차례군. 모두 돈 잃을 준비는 됐겠지?"

흑도인 하나가 침을 튀기면서 주사위 그릇을 집어 들 때였다.

탁. 누군가가 그의 손에서 가볍게 그릇을 빼앗았다.

"네놈은 뭐야?"

흑도인이 눈에 불을 켜고 쏘아봤다. 그릇을 빼앗은 자는 다름 아닌 이강이었다.

"나도 좀 끼워주지?"

"순서를 지키라고, 이 자식아!"

흑도인이 손을 내밀어서 이강이 쥔 그릇을 다시 빼앗았다.

그런데 무언가 이상했다. 막 그릇을 **빼앗았다**고 생각했는데 흑도인의 손은 아무것도 쥐고 있지 않은 반면, 이강은 여전히 그릇을 들고 있는 것이 아닌가?

"이게 뭐야?"

그는 잠시 어리둥절한 눈으로 자신의 손을 쳐다보더니 금세 정신을 차리고 이강을 향해 손을 뻗었다.

"내 그릇 내놔!"

"자, 가져가."

스윽. 이강이 흑도인을 향해 그릇을 내밀었다.

그런데 흑도인이 아무리 손을 휘저어도 그릇을 **빼앗을** 수 있기는커녕 허공만 움켜쥐는 것이었다.

"뭐 해? 가져가라니까?"

"이 새끼가 감히 누구한테 장난질이야?"

흑도인이 짜증을 내며 두 손을 와락 휘둘렀다.

순간, 이강이 그릇을 회수하기는커녕 역으로 그의 손을 향해 앞으로 밀었다. 그 바람에 흑도인은 다시 한번 허공을 쥐고 말았다.

계속해서 흑도인은 미친 듯이 손을 뻗었지만 그릇은 미꾸라지처럼 그의 손아귀에 잡힐 듯 말 듯 하면서 요리조리 **빠져** 나가는 것이었다.

결국 흑도인이 참지 못하고 분노를 터뜨렸다.

"그 손모가지를 날려주마!"

그가 손을 뒤로 돌려서 허리춤에 꽂아둔 도끼를 뽑아 들었다.

　정영이 무심결에 소리쳤다.

　"조심해!"

　그때 이강이 흑도인이 뒤로 돌린 팔꿈치에 슬쩍 검지를 갖다 댔다. 척. 그리고 뒤로 고개를 돌리며 씨익 웃었다.

　"명문정파 나리께서 하찮은 강호 사대악인을 염려해 주다니 황송하기 그지없군."

　"지금 고개를 돌리면 어떡……."

　어이가 없어서 일갈하던 정영은 말을 삼키고 말았다. 흑도인이 도끼를 휘두르기는커녕 팔을 뒤로 돌린 채 꿈쩍도 하지 못하는 것이 아닌가?

　"이, 이 새끼가……."

　"왜 그러고 있어? 어서 도끼를 휘둘러 보시지 않고?"

　이강은 점혈한 것도 아니고 단지 검지로 가볍게 팔꿈치를 누르고 있을 뿐이었는데, 흑도인은 굵은 밧줄에 포박된 것처럼 몸을 부르르 떨 뿐 조금도 움직이지 못했다.

　그때 옆에서 누군가가 말했다.

　"강호 사대악인? 설마 적월혈영 이강?"

　누군가가 내뱉은 한마디에 방 안의 분위기가 대번에 싸늘하게 얼어붙었다.

　방금까지 주사위 그릇을 빼앗긴 흑도인을 남처럼 구경만 하던 사람들이 이강을 향해 일제히 고개를 돌렸다.

이강이 사람들의 기척을 눈치채고 어깨를 으쓱해 보였다.

"이거, 이거. 다들 관심을 주니 몸 둘 바를 모르겠군."

이강의 검지에 저지당한 흑도인도 더 이상 도끼를 뽑을 기세가 사라진 것은 물론, 이마에서 식은땀 한 줄기를 흘리면서 멍하니 이강의 얼굴을 쳐다봤다.

흑도인이 덜덜 떨리는 목소리로 물었다.

"네놈, 아니, 당신이 적월혈영?"

"아니."

이강이 무슨 꿍꿍이속인지 단박에 부인했다.

"아니라고?"

"적월혈영은 이제 세상에 없다."

그 말에 흑도인은 영문을 모르겠다는 표정으로 고개를 돌려 다른 자들을 봤다.

그때, 도박 무리 중 하나가 알았다는 듯이 말했다.

"맞아. 적월혈영은 항상 붉은 도포를 걸치고 붉은 두건을 쓴다고 하잖아? 그런데 저놈을 좀 보라고!"

그가 검지로 이강을 가리키며 말을 이었다.

"저놈은 적의가 아니라 흑의를 걸쳤어. 게다가 검은 천으로 눈을 싸맸으니 그냥 장님일 뿐이야."

흑도인들은 수긍이 가는지 고개를 끄덕이며 이강을 노려봤다. 잠깐 이강에게 제압당했던 그들은 금세 흉포한 기세를 되찾았다.

하지만 이강은 그들의 눈빛이 달라진 것은 신경도 안 쓰며 말했다.

"다들 나랑 도박 한판 하자."

"…주사위 그릇을 가져간 건 네놈이잖아?"

"주사위 도박 말고."

그러는 중에도 이강은 흑도인의 팔꿈치를 검지로 누르고 있었다. 그의 이마에서는 이제 식은땀이 홍수처럼 철철 흘러내렸고, 전신은 한겨울의 사시나무처럼 벌벌 떨고 있었다.

마침 이강이 검지를 살짝 뗐다.

그러자 흑도인은 잠시 자리에 꼼짝 않고 서 있는가 싶더니 곧 통나무가 쓰러지듯이 옆으로 넘어가 버리는 것이었다.

쾅당.

그는 힘없이 쓰러진 뒤에도 잠깐 몸을 부르르 떨더니 곧 입에 거품을 물고 혼절했다.

하지만 무리 중 하나가 속수무책으로 당했는데도 불구하고 다른 흑도인들은 눈길조차 주지 않은 채 무시했다. 바로 옆에서 사람이 죽어도 신경 쓰지 않을 자들이라고 했던 무명의 말은 사실이었던 것이다.

오히려 한 명이 씨익 웃으면서 한 발 앞으로 나오더니 이강에게 물었다.

"좋다. 어떤 도박이 하고 싶은데?"

"사람 목숨을 걸고 한판 하고 싶군."

"육룡채 처음 와보시나? 그거야 항상 거는 거지."

그가 피식 비웃음을 흘리며 고개를 돌리자 다른 흑도인들도 그 말에 동감하는지 야유 섞인 눈빛으로 이강을 노려봤다.

"내가 하고 싶은 도박이 어떤 거냐면 말야."

이강은 두 눈이 있는 것처럼 고개를 돌려 흑도인들을 한 차례 좌우로 둘러보더니 말했다.

"최근에 아방궁의 화원이 이곳 육룡채에 들어왔다지? 그놈이 어디 있는지 누가 먼저 말하느냐 하는 도박이다."

"그게 무슨 도박이야? 그냥 우릴 겁박하려는 거였군."

"아니, 도박이다. 네놈들 중에서 가장 빨리 말한 놈 딱 한 명만 살려줄 생각이거든."

"……!"

"살고 싶은 놈은 말해라. 아방궁의 화원이 지금 어디 있지?"

"하하하, 장님이라서 그런가? 보이는 게 없으니 무서운 게 있을 리가 있나!"

흑도인이 헛웃음을 터뜨리다가 갑자기 흉포한 눈빛을 하며 손을 등 뒤로 돌렸다. 허리춤에 꽂아둔 손도끼를 뽑으려는 동작이었다.

동시에 이강의 뒤쪽에서도 두 명이 손을 돌려 도끼를 뽑았다. 이강이 흑도인 하나를 검지로 눌러서 제압하고 있을 때, 다른 자들 몇 명이 슬그머니 걸음을 옮겨서 이강을 포위하는 진영을 만들었던 것이다.

정영이 사방에서 살기를 느끼고 척사검을 뽑아 들었다.

"위험해!"

그런데 그녀 옆에 있는 하오문 문주는 살기에 반응하기는커녕 태연히 팔짱을 끼며 하품을 하는 것이었다.

"검법은 인정하겠는데 실전 경험이 부족하군."

"뭐라고?"

문주의 일침에 정영이 발끈하며 소리치는 순간, 흑도인 세 명이 일제히 도끼를 뽑아서 이강을 향해 투척했다.

"네놈 눈깔이 없는 것을 원망해라!"

부우우웅!

세 자루의 도끼가 각각 이강의 이마, 등줄기, 오른쪽 어깨를 향해 날아왔다.

그때 이강이 피식 웃으면서 주사위 그릇을 머리 위로 집어던졌다. 휙! 그러자 그릇 안에 있던 주사위 세 개가 허공으로 붕 떠올랐다.

이강이 떨어지는 주사위에게 검지를 세 번 튕겼다.

팅팅팅!

순간, 세 개의 주사위가 화살처럼 도끼들을 향해 날아갔다.
쌔애애액!

주사위들이 빙글빙글 돌면서 날아오던 도낏자루를 정통으로 격타했다. 짐승의 뼈를 깎아 만든 주사위와 나무로 된 도찟자루가 부딪쳤는데, 마치 쇠망치로 모루를 두드리는 듯한 소리가 났다.

떠떠떵!

그러자 방금 도끼 세 자루를 투척한 흑도인 세 명을 향해 도끼들이 정확히 되돌아서 날아가는 것이 아닌가?

"……!"

흑도인 셋이 화들짝 놀라서 이리저리 몸을 날려 도끼를 피했다.

다행히 도끼들은 느리게 날아왔기 때문에 그들은 자신이 던진 도끼에 스스로 당하는 불상사를 간신히 모면했다. 그러나 다음 순간, 세 명의 간담을 서늘케 만드는 장면이 벌어졌다.

느릿느릿 날아온 도끼가 자루만 남기고 날이 몽땅 나무 벽을 꿰뚫으며 박힌 것이었다.

콰직!

도끼에 실린 내력이 상상도 하지 못할 만큼 엄청나다는 뜻.

방 안의 흑도인들이 침을 꿀꺽 삼키며 벽에 박힌 도끼를 쳐다봤다. 주사위를 튕겨서 도끼를 되돌려 보낸 것도 모자라 날이 모두 벽에 박힐 만큼 내력을 싣다니…….

그야말로 신기에 가까운 수법.

흑도인 중 누군가가 나직하게 중얼거렸다.

"적월혈영이 맞군."

그 말에 다들 깜짝 놀라며 고개를 돌려서 이강을 봤다.

다른 누군가가 반문했다.

"하지만 저자가 자기는 적월혈영이 아니라고 했잖아?"

"이제 그 별호가 싫은가 보지. 강호에서 이런 무위를 가진 자는 적월혈영이 유일하다."

그는 대충 넘겨짚으며 말한 것 같았는데, 뜻밖에도 그의 말을 들은 이강이 무슨 생각을 하는지 쓴웃음을 짓는 것이었다.

방 안의 흑도인들이 잔뜩 얼어붙어 있을 때, 어떤 자가 그들을 비웃으며 말했다.

"강호에서 유일하다고? 흑도인들의 눈썰미가 고작 그 정도겠지."

코웃음을 치며 흑도인을 폄하하는 자는 바로 정영이었다.

"소림사의 금강지(金剛指)나 부맹주님의 탄지공(彈指功)을 못 봤으니 그런 말을 하는 것도 당연하지."

그 말에 뜻밖에도 흑도인이 아니라 다른 자가 반박을 했다.

"당신이 정파의 무공을 많이 섭렵한 것은 인정한다. 하지만."

하오문의 문주가 조용히 말했다.

"흑도인을 우습게 보지 마라. 놈들이 강호에서 살아남는 것은 무공이 강해서가 아니라 다른 이유 때문이니까."

"별로 그렇게 보이지 않소만? 육룡채란 곳도 직접 와보니 하찮은 노름꾼들밖에 없고."

"좋을 대로 생각해라."

문주가 차갑게 응수하며 고개를 돌리는 바람에 둘의 대화는 더 이어지지 않았다.

이강이 딱딱하게 얼어붙은 흑도인들을 둘러보며 말했다.

"자, 도박은 이미 시작된 것 같은데……."

"내가 말하지!"

흑도인 하나가 이강의 말을 자르며 소리쳤다.

"아방궁의 화원이 어디 있는지 알고 있다. 내가 안내하마!"

"크크크, 네놈이 승자군."

주위의 흑도인들이 그자를 향해 분노를 터뜨렸다.

"이 새끼! 혼자만 살 셈이냐?"

"억울하면 먼저 말하시든가? 난 도박에서 주사위를 먼저 굴린 것뿐이라고."

"개같은 자식!"

그들은 욕설을 내뱉으며 서로를 비난하고 헐뜯었다. 엄청난 힘을 지닌 호랑이가 나타나자 꼬리를 말고 서로에게 이빨을 드러내는 하룻강아지 무리가 따로 없었다.

이강이 킬킬대며 말했다.

"좋다, 안내해라."

"이쪽이다!"

"이제 다른 놈들은 몽땅 죽여야 되는데 시간이 없군. 다들 여기서 꼼짝 말고 기다려라. 돌아와서 한 놈씩 저승으로 보내주마."

"……"

그 말에 흑도인들이 침을 꿀꺽 삼키며 서로 눈빛을 교환했다.

이강이 돌아올 때까지 방에서 기다릴 자가 있을 리 없으니, 그는 도박을 핑계 삼아 그들을 겁박한 것일 뿐, 정말 살육극을 벌일 의도는 없었던 것이다. 흑도인들은 뒤늦게 그 사실을 깨닫고 안도의 한숨을 내쉬었다.

일행은 흑도인의 안내를 따라 방을 나섰다.

흑도인이 가는 길은 여전히 어두컴컴하고 복잡해서 복도를 걷고 있는 건지 건물 밖으로 나온 건지 알 수 없을 정도였다.

차 한 잔 마실 시간이 지났을 때, 흑도인이 계단을 오르더니 맞은편에 있는 방을 가리켰다.

"아방궁의 화원이 있는 곳은 여기요."

"수고했다, 후후후."

이강이 고개도 돌리지 않은 채 대충 손을 휘젓자 흑도인은 그 틈을 타서 슬쩍 뒤로 빠지더니 바람처럼 줄행랑을 쳐서 사라졌다.

이강을 선두로 해서 일행은 방으로 들어갔다.

그런데 먼저 방에 들어간 이강이 무슨 까닭인지 눈썹을 찡그리며 중얼거렸다.

"어중이떠중이가 다 모였군."

한발 늦게 방에 들어간 무명은 이강이 무슨 말을 하는지 깨달았다.

비좁고 어두운 방에는 수십 명이 넘는 사람들이 모여 있었는데 그들은 무공을 익힌 강호인도, 악행을 일삼는 흑도인도 아닌 평범한 자들이었던 것이다.

사람들은 남녀노소가 뒤섞여 있는 것은 물론, 제각기 복장도 달랐다. 그중 몇몇은 상인 무리나 표국의 표사들로 보였지만 대다수는 평범한 백성들인 것 같았다.

하지만 그들의 공통점이 하나 있었으니, 모두 지친 기색에 황망한 눈빛을 하고 있었다.

그때, 이강이 사람들의 생각을 읽고 문신사를 찾아냈다.

"네놈이 아방궁의 화원이군."

방 한쪽의 구석에 주저앉아 허리를 굽히고 있던 사람 하나가 뒤로 고개를 돌렸다.

뜻밖에도 문신사는 백발이 성성하고 얼굴에 주름살이 가득한 노인이었는데, 구부정한 등 탓에 체구가 여인인 정영보다 작아서 매우 볼품이 없는 인물이었다.

노인이 말 한마디를 툭 내뱉었다.

"순서 올 때까지 기다려라."

그러더니 이강을 무시한 채 다시 앞으로 고개를 돌리는 것이었다.

정영은 문신사가 뭘 하는지 쳐다보다가 의아한 목소리로 말했다.

"의원?"

그녀의 말대로였다.

노인은 중년인 한 명의 팔에 부목을 대고 천으로 칭칭 감아 묶고 있었다. 중년인의 부러진 팔뼈를 맞춘 뒤 마무리 치료를 하는 중이었던 것이다.

정영이 무명을 보며 물었다.

"원래 문신사가 의술까지 하오?"

무명도 처음 듣는 이야기라 무어라 대답할 수 없었다.

하지만 노인 옆에 있는 작은 탁자를 보자 상황이 이해됐다. 탁자에는 세침과 거도 등 날이 가늘고 특이한 검들이 수없이 놓여 있었는데, 외과수술을 하는 데 더없이 적합해 보였던 것이다.

하오문 문주가 둘의 궁금증을 풀어주었다.

"저 노인은 백노괴라고 하는데 원래 의원이다. 하지만 돈은 문신 일을 해서 벌 뿐, 의술로는 따로 대가를 받지 않지."

백노괴(白老怪), 백발의 괴이한 노인이라는 뜻.

볼품 없는 체구에 유난히 백발이 눈에 띄는 문신사에게 잘 어울리는 별호였다.

정영이 진지한 표정으로 고개를 끄덕였다.

"문신사로 돈을 벌고 의술은 대가 없이 베풀다니 대단

하오."

이강이 그답게 초를 쳤다.

"고문도 대가 없이 베푸는 놈이라면 그럴싸하겠군, 후후후."

그리고 백노괴의 등 뒤로 다가가서 말했다.

"네놈 별호가 백노괴라고? 빨리 치료를 끝내는 게 신상에 좋을……."

그런데 백노괴는 등 뒤로 세검을 휘두르며 이강의 말을 자르는 것이었다.

"순서 기다리라고 말했다."

"……."

이강이 어이가 없는 얼굴로 침음하고 있자 하오문 문주가 피식 웃으며 말했다.

"강호 사대악인도 천하의 백노괴한테는 꼼짝 못 하는군."

"입 닥쳐라."

그때, 백노괴가 중년인 치료를 끝내고 뒤로 고개를 돌렸다. 그리고 바로 뒤에 있는 이강을 슥 훑어본 뒤 말했다.

"장님이냐? 눈알을 빼내는 건 해줄 수 있지만 박는 건 못 해."

"그놈, 입 한번 거친 게 마음에 드는군."

둘이 팽팽하게 신경전을 벌이고 있을 때, 하오문 문주가 끼어들며 말했다.

"이강, 내게 한번 양보해라."

"내가 왜?"

"옛정을 봐서."

"…좋다. 내 순서가 되면 저놈 목숨이 끝장날지 모르니 양보하지."

이강이 팔짱을 낀 채 뒤로 한 걸음 물러섰다.

문주가 백노괴에게 물었다.

"백노괴, 하오문을 배신하고 육룡채에 발을 들인 이유가 뭐지?"

순간, 백노괴의 입에서 나온 말이 모든 이를 얼어붙게 만들었다.

"망자를 피해 도망치다가 들어왔다."

하오문의 문신사 백노괴.

백발이 성성한 괴노인이란 별호를 가진 그가 꺼낸 말은 가히 충격적이었다.

"나는 하오문을 배신한 적 없어. 육룡채는 망자 떼를 피해서 도망치다가 들어왔지."

"……!"

무명과 정영은 깜짝 놀라서 서로를 쳐다봤다.

백노괴가 방 안에 있는 사람들을 가리키며 말했다.

"여기 있는 사람들 모두 망자 때문에 피난한 자들이다."

그제야 왜 비열한 흑도의 본거지 육룡채에 평범한 자들이 있는지 알 수 있었다.

상인, 표사, 평범한 백성으로 이루어진 남녀노소의 무리. 지친 눈빛을 하고 있는 그들은 망자에게 쫓기느라 갈 곳을 잃은 채 육룡채에 발을 들일 수밖에 없었던 것이다.

  "중원에 망자가 창궐하고 있다."

  하오문 문주를 보며 말을 잇던 백노괴가 뒤에 있는 무명과 정영에게 시선을 옮겼다. 순간, 그의 눈동자에 설명 못 할 기이한 빛이 떠올랐다.

  "망자가 판을 치는데 구대문파, 오대세가, 어느 한 놈 나서는 꼴을 못 봤다. 그러니 육룡채라도 들어올 수밖에. 혹도 놈들한테 죽든 망자한테 물려 죽든 매한가지가 아니냐? 흘흘흘!"

  그는 비웃음을 흘리며 말을 끝냈는데, 태연한 목소리와 달리 그 내용은 날카로운 비수처럼 듣는 이의 가슴을 찌르는 것이었다.

  특히 무림맹의 후기지수인 정영은 대번에 얼굴빛이 바뀌었다.

  그녀는 천천히 어두운 방 안을 둘러봤다. 졸지에 집을 잃고 난민 신세가 된 사람들의 복장은 흙먼지가 묻고 더러워서 남루하기 짝이 없었다. 문득 청수하게 차려입은 자신이 부끄러워져서 그녀는 슬며시 고개를 돌렸다.

  문주가 백노괴에게 물었다.

  "망자가 도성에도 들어왔나?"

"그거야 나도 모르지."

"그럼 망자가 퍼진 곳이 어디지?"

그 말에 부러진 팔을 백노괴에게 치료받았던 중년인이 끼어들었다.

"태안이요."

"태안? 말을 타고 반나절 거리에 있는 곳이군."

"그렇소. 나는 군위표국에서 일하는 총관인데, 표국이 태안에 들렀을 때 망자 떼가 몰려와서 도망치다가 여기까지 오게 됐소."

군위표국 총관이란 자의 말은 일견 수긍이 가는 것이었다. 도성 북쪽에 위치한 마을인 태안에서 망자를 피해 도망쳤다면 육룡채 거리의 끄트머리로 들어오는 게 자연스러운 경로였기 때문이다.

문주가 재차 물었다.

"태안은 큰 도시다. 망자가 하루아침에 태안에 퍼졌다는 말은 믿기 힘들군."

"망자는 한둘이 아니라 떼거지로 몰려왔소."

"떼로?"

"그렇소. 아침에는 멀쩡했던 자들이 망자와 싸우다가 물리고 할큄을 당하더니 점심때가 지나자 망자로 탈바꿈했소. 그렇게 망자가 된 표사만도 다섯, 여섯, 아니, 그 이상인가……."

총관은 망연자실한 얼굴로 말을 흐렸다. 평생 몸담았던 표국의 표사들이 망자에게 감염되는 장면을 눈앞에서 목격했으니, 넋이 나간 것도 무리가 아니었다.

무명도 겉으로는 담담한 척했으나 속으로 무척 놀랐다.

태안은 몸에 새겨진 문신을 보고 찾아갔던 황가전장이 있는 마을이다. 근처에 황궁이 있는 도성이 자리하기 때문에 작은 마을처럼 여겨지지만 실제 규모는 다른 지방의 도시와 맞먹을 만큼 상당했다.

그런 태안이 사람들이 피난해야 될 정도로 망자가 창궐했다고?

망자 떼의 규모가 지금까지 보아온 것과 비교가 안 된다는 뜻이었다.

백노괴가 웃음을 흘리며 말했다.

"태안에서 도성까지 걸어서 사흘이면 족하다. 도성에 망자 떼가 창궐할 날이 머지않았다는 뜻이지, 흘흘흘."

그때 정영이 앞으로 한 발 나오며 말했다.

"개봉도 태안처럼 망자 떼가 퍼지고 있소."

"개봉? 천하 거지들이 죄다 모이는 곳 말이냐?"

백노괴의 말은 거지들의 방파인 개방을 뜻하는 것이었다. 정영이 고개를 끄덕이며 대답했다.

"그렇소. 무림맹은 일단 망자가 출몰한 지역에서 사람들을 피신시켰소."

"그래 봤자 미봉책이 아니냐?"

"망자 퇴치 해법이 나오지 않는 이상 어쩔 수 없소. 무림맹은 개봉을 사람이 드나들지 못하도록 금지 구역으로 선포할 예정이오. 태안 역시……."

그때였다.

"아냐! 우리 집은 멀쩡해!"

정영의 말에 반박하며 크게 소리친 자는 피난민 무리에 있는 어린 여자아이였다.

"난 우리 집에 꼭 돌아갈 거야! 우리 집은 천하에서 제일가는 운백객잔이라고!"

"……."

여자애는 한 손으로 허리를 짚고 나머지 손으로 검지를 펴서 정영을 가리켰는데, 그 모습은 의외로 위엄이 서려 있어서 정영은 얼떨결에 할 말을 잃었다.

곧 정영이 정신을 차리고 미소를 지었다.

"애야, 그런 말이 아니라……."

"뭐가 아냐! 우리 집에 다시는 못 돌아간다고 말하고 있잖아!"

정영은 이번에는 정말 말문이 막히고 말았다.

그녀는 남궁유와 함께 개봉에 갔을 때 부맹주 제갈성의 전갈을 받고 망자가 출몰한 지역을 폐쇄했다. 개방은 무림맹의 지시에 따르겠다고 했으나 망자 떼의 급습으로 많은 개방도를 잃었기 때문에 일을 확실히 처리할지 미덥지 않았다.

만약 태안에 망자가 퍼졌다면 개봉처럼 금역으로 선포될 것이다.

그렇다면 눈앞의 피난민은 당분간 태안에 돌아갈 수 없으리라. 아니, 망자 사태가 진정되지 않는 이상 언제 귀향이 가능할지 알 수 없었다.

정영이 할 말을 잃은 것도 당연했다.

그녀가 무슨 말을 해야 할지 몰라 주저하고 있을 때, 여자애의 어머니로 보이는 여인이 앞으로 나와서 고개를 조아렸다.

"죄송합니다. 애가 강호 일을 잘 몰라서……."

"우리 아빠가 강호인인데 모르긴 뭘 몰라!"

"소소야, 그만하렴."

여자애의 이름은 소소(素素)인 것 같았다.

어머니는 정영과 다른 사람들에게 연신 고개를 숙이며 소소의 입을 틀어막았다. 그리고 소소를 끌고 방구석으로 가서 억지로 앉혔다.

소소는 한참 동안 분을 참지 못해 씩씩거렸는데, 주위에 희망을 잃은 얼굴을 하고 있는 다른 피난민과 비교되어서 눈에 띄었다.

백노괴가 침묵을 깨고 말을 이었다.

"봤나? 다들 망자 때문에 집을 버리고 도망쳤다. 어떻소, 문주? 이래도 육룡채에 발을 들였다고 내가 하오문을 배신한 셈이 되는가?"

"……."

밀짚모자를 푹 눌러쓰고 때때로 강렬한 눈빛을 뿜어내는 하오문의 문주.

그런 그도 백노괴의 물음에는 반박할 말이 없는지 바로 대답하지 못하고 침음했다.

그때였다.

"한데 좀 이상하군. 태안에 망자가 출몰할 때 왜 하필 네놈이 거기 있었을까?"

뜻 모를 말을 중얼거리며 끼어든 자는 다름 아닌 이강이었다.

백노괴가 피식 웃음을 흘리며 물었다.

"무슨 소리냐?"

"세검(細劍) 잘 쓰기로 소문난 하오문의 문신사가 태안까지 무슨 볼일이 있어서 갔느냐 이 말이다."

"남이 장강을 유랑하든 동정호로 놀러가든 무슨 상관이냐."

"그게 아니지. 네놈, 실은 딴 속셈이 있었던 것 아니냐?"

이강이 킬킬대며 말했다.

"일부러 망자가 나온다는 태안에 간 까닭은 망자를 잡아서 해부한 다음 연구하려는 속셈이 아닌가?"

"……."

지금까지 어떤 말을 들어도 능글맞게 대꾸하던 백노괴의 얼굴이 딱딱하게 굳어버렸다.

　충격을 받은 것은 백노괴뿐이 아니었다. 방 안의 모든 사람이 망자를 해부한다는 말을 듣고 깜짝 놀라서 이강과 백노괴를 번갈아 쳐다봤다.

　문주가 물었다.

　"백노괴, 그게 정말이냐?"

　잠깐 침음하던 백노괴는 다시 능글맞은 미소를 지으며 태연하게 대답했다.

　"그래."

　"단독행동은 삼가라고 했을 텐데?"

　"말로만 듣던 망자가 나왔다는데 방구석에 처박혀 있을 수가 있어야지? 흘흘흘."

　"망자는… 해부해 봤나?"

　"아니. 그게 생각처럼 쉽지 않더라고."

　백노괴가 어깨를 으쓱해 보이더니 누군가를 향해 고개를 돌렸다. 그가 쳐다본 자는 바로 이강이었다.

　"그건 그렇고, 네놈은 남의 머릿속을 들여다보는 능력이 있구나?"

　"호오, 과연 소문대로군. 일부러 찾아온 보람이 있겠어."

　백노괴의 말은 이강이 타인의 생각을 읽는다는 것을 단번에 꿰뚫어 봤다는 뜻이었다.

"왜? 내 머리도 쪼개서 연구해 보고 싶냐?"

"당연하지. 가능만 하다면."

"내가 죽으면 네놈 연구를 위해 시신을 넘기마. 근데 그때까지 네놈이 살아 있을지 모르겠군, 후후후."

둘은 실실 웃음을 흘리며 말을 주고받았지만 대화의 내용은 주위 사람들을 얼어붙게 만들 만큼 싸늘한 것이었다.

그때, 백노괴는 무슨 생각이 떠올랐는지 얼굴을 찌푸리며 중얼거렸다.

"그런데 망자도 종류가 여러 가지인 것 같더군. 혼백이 없는 놈이 있는가 하면, 겉보기로는 멀쩡해서 평범한 사람들과 전혀 구분이 불가능한 놈도 있었어. 이왕이면 후자 쪽을 해부해 보고 싶었는데 쉽지 않았지."

정영이 깜짝 놀라며 끼어들었다.

"구자개 같은 자 말이오?"

"구자개?"

"아, 그는 개방도였는데 처음 만났을 때는 망자인지 일행 모두 까맣게 몰랐소."

"그렇군. 태안에도 그런 놈이 한둘이 아니었다."

"하나가 아니었다고? 그런 말도 안 되는 일이……."

"과장하는 게 아니다. 분명 어제만 해도 멀쩡하던 놈들이 다음 날 갑자기 돌변해서 날뛰었지. 여기 있는 사람들도 모두 봤을걸?"

백노괴의 말이 끝나기가 무섭게 표국의 총관이 말을 꺼내며 끼어들었다.

"맞소! 군위표국에서도 어젯밤까지 멀쩡해 보이던 자가 아침이 되자 망자가 되어 나타났소! 환도를 들고 닥치는 대로 표사들 목을 베었는데, 그자 때문에 망자가 된 표사가 한둘이 아니오."

"진작 말했으면 놈을 잡아 오는 거였는데, 흘흘흘."

"어림도 없소. 표사 하나가 간신히 뒤로 돌아가 목을 베었는데, 그 망자는 아무렇지도 않게 목을 다시 붙였소. 게다가 다른 망자들처럼 미쳐 날뛰지 않고 상황을 보고 불리한 것 같으면 어디론가 몸을 숨겼소."

"교활한 놈이군. 놈이 누구였나?"

백노괴가 묻자 총관은 잠깐 망설이다가 입을 열었다.

"군위표국의 국주님이오……."

그의 목소리는 다 죽어가는 사람처럼 힘이 없었다. 표국의 국주가 가장 먼저 망자가 되어 표사들을 감염시켰으니, 총관의 심정이 얼마나 참담할지는 불을 보듯 뻔했다.

방의 분위기가 무겁게 가라앉았을 때, 이강이 불쑥 말을 꺼냈다.

"명령자로군."

"명령자(命令者)?"

"그래. 혼백이 사라져서 산 자만 보면 무작정 덤비는 망자 말고 겉으로 보기에 멀쩡해 보이는 놈들을 명령자라고 부른다."

"구자개도 명령자였소?"

정영이 묻자 이강이 고개를 끄덕였다.

"그렇다고 봐야지."

"왜 그런 망자를 명령자라고 부르는 거요?"

"말 그대로다. 혼백이 없는 놈들, 즉 혈귀들을 조종하는 힘이 있으니까."

이강이 그답지 않게 진지한 얼굴로 설명을 늘어놓았다.

"놈들은 산 사람처럼 행동하면서 망자들을 조종하지. 게다가 일정 시간 전에는 자신이 감염되어서 망자가 되었다는 사실조차 모른다. 구자개란 놈도 마찬가지였겠지."

"그럼 명령자 같은 망자를 퇴치하려면 어떻게 해야 되오?"

"그걸 왜 나한테 묻냐? 하지만 방법이 없는 건 아니지."

"무엇이오?"

"망자가 출몰한 곳의 출입을 막고 불태워 버리면 된다. 사람도 집도 모두."

"······."

망자가 나타난 마을을 남김없이 불태우라는 말.

지독하리만큼 냉정한 그의 말에 정영은 물론 방 안의 사람들은 자기도 모르게 침을 삼켰다.

그때, 조용히 있던 하오문 문주가 입을 열었다.

"이상하군. 흑랑성의 망자 모체(母體)가 죽은 뒤로 명령자는 사라진 줄 알았는데."

"그때는 그런 줄 알았지."

"최근에 망자가 창궐하는 것도 혈귀들이 사람들을 감염시키는 것으로 알게 되었다. 그런데 다시 명령자가 나타났다고? 어떻게?"

"글쎄. 하나 추측할 수는 있지."

"뭐냐?"

"모체 같은 능력을 가진 괴물이 또 있다는 말이지, 크크크."

이강이 킬킬대며 답하자 밀짚모자 아래로 보이는 문주의 입가가 딱딱하게 굳었다.

둘의 대화는 자세한 사정을 모르는 다른 사람들이 듣기에는 무슨 뜻인지 확실히 알 수 없었으나 한 가지만은 분명했다. 중원 어딘가에서 망자들을 조종하는 괴물이 새로 출몰했다는 사실이었다.

문주가 팔짱을 끼며 중얼거렸다.

"아무래도 이상해. 도성 근처는 최근까지 망자가 퍼지지 않았어. 그런데 갑자기 여기저기서 망자가 출몰하다니……."

그때, 누군가가 소리쳤다.

"그 사람이 온 다음부터 마을에 망자가 나타났어!"

뜻밖의 말을 꺼낸 자는 태안에서 왔다는 여자아이 소소였다.

사람들의 시선이 태안에서 온 여자아이 소소에게 집중됐다.

　"태안에는 망자가 없었어! 근데 그 사람이 온 다음부터 망자가 나왔어!"

　"그게 정말이니?"

　정영이 묻자 소소가 야무지게 고개를 끄덕였다.

　"응! 그 사람이 우리 객잔에 묵으면서 망자가 나왔어. 망자를 부른 건 바로 그자야!"

　사람들은 잠시 서로 눈빛을 교환하며 침음했다.

　꼭 어린 여자애의 말이라 미덥지 않은 게 아니었다. 그보다 마땅한 증거가 없지 않은가?

　그때 소소가 어머니의 옷자락을 붙들었다.

　"엄마, 뭐 해? 빨리 그 사람 얘기 좀 해!"

　"으응……."

　그러자 사람들의 시선이 대번에 바뀌었다. 소소뿐 아니라 객잔의 주인으로 보이는 어머니도 증언을 한다면 얘기는 달라지는 셈이었다.

　뜻밖에도 소소의 어머니는 살결이 희고 얼굴에 주름살이 하나도 없어서 매우 젊어 보였다. 게다가 객잔 주인답지 않게 몸가짐에 어딘가 기품이 있었다. 만약 청의를 입고 정영 옆에 선다면 두어 살 많은 사저(師姐)로 착각할 정도였다.

　사람들은 눈앞의 여인이 어린 딸을 데리고 객잔을 운영한다는 게 믿기지 않았다.

"그게 보름 전의 일이었어요."

어머니가 불안한 눈빛으로 사람들을 훑어보면서 천천히 입을 열었다.

"검은 옷을 차려입은 남자 한 명이 객잔에 묵었죠."

그녀의 이야기는 다음과 같았다.

어느 날, 운백객잔에 흑의를 걸친 남자가 찾아왔다. 강호인이 흑의를 입는 거야 특이하다고 할 수 없었다. 문제는 남자가 흑의에 흑건을 쓴 것도 모자라 얼굴에 검은 천을 둘둘 싸매서 이목구비를 가리고 있다는 점이었다.

"남자는 낮에도 밖에 나오지 않고 식사도 방 안에서 했어요. 식사를 전하다가 우연히 방을 엿보게 되었는데……"

남자는 방 안에서도 얼굴을 싼 검은 천을 풀지 않는 것은 물론, 남쪽을 향해 절을 하며 알 수 없는 주문을 중얼거리고 있었다. 그 장면이 하도 괴이해서 그녀는 깜짝 놀라 하마터면 그릇을 얹은 쟁반을 놓칠 뻔했다.

"그자 행동이 너무 기이해서 밤에 청소를 하다가 몰래 방을 엿봤어요. 그런데……"

남자가 방에 없는 것이 아닌가?

그녀는 일부러 야식을 가져왔다고 크게 말하며 용기를 내서 방에 들어갔다.

방은 텅 비어 있었다.

남자는 온데간데없었고, 단지 그가 가져온 시커먼 술 단지
들이 구석에 쌓여 있을 뿐이었다. 어머니는 혹시 중간에 남자
가 돌아오지 않을까 염려되어 얼른 방에서 나왔다.

기이한 일은 다음 날 아침에도 이어졌다.

남자가 어느새 돌아왔는지 방에서 아침 식사를 청하는 것
이었다. 어머니는 식사를 가져다주면서 눈치를 살폈으나, 남자
가 밤에 무엇을 하고 돌아왔는지 전혀 알 수 없었다.

그때만 해도 무언가 사정이 있는 강호인이라고 생각했다.

밤에 망자가 나왔다는 소문이 나돌기 전까지는.

거기까지 얘기했을 때, 정영이 고개를 갸웃거리며 물었다.

"그 정도 가지고 망자 출몰이 남자의 소행이라고 믿기는 힘
들지 않소?"

"맞습니다. 한데 망자가 처음 나타났다는 곳에 가보았더
니……."

태안에 망자가 처음 모습을 드러낸 곳은 술을 팔고 기녀가
있는 기루였다.

그 기루는 어머니와 친분이 있는 기녀가 몇 명 있었다. 걱
정이 된 그녀는 망자가 나왔다는 말을 듣고 잠시 짬을 내어
기루에 방문했던 것이다.

망자 소동 탓에 기루는 이미 난장판이 된 지 오래였다.

그런데…….

"기루 구석에 남자가 갖고 있던 검은 술 단지가 뒹굴고 있었

어요."

"……!"

사람들이 깜짝 놀라 서로를 쳐다봤다.

"남자가 가져온 술 단지가 틀림없소?"

"예. 남자가 방에 쌓아둔 술 단지 중 하나였어요."

"아무리 그래도 술 단지는 다 비슷비슷할 텐데."

정영이 의심을 지우지 못하고 묻자 소소가 재차 검지를 치켜들며 소리쳤다.

"우리 엄마가 빚는 술은 천하일미야! 운백객잔의 홍소주(紅燒酒)라면 도성의 고관대작도 안다고! 그런데 엄마가 술 단지 하나를 못 알아볼 것 같아?"

"소소야, 조용히 하렴."

어머니가 소소를 달래며 말을 이었다.

"저도 알아요. 단지 검은색 술 단지여서 의심하는 건 아닙니다."

"그럼 다른 이유라도?"

"그래요."

그녀가 사람들을 둘러보더니 침을 꿀꺽 삼키며 말했다.

"남자가 밤에 외출할 때마다 술 단지가 하나씩 줄어들어 있었어요."

"설마……."

잠시 멍하니 있던 정영은 무슨 생각이 떠올랐는지 무명을 향해 고개를 홱 돌렸다.

무명은 그녀와 시선이 마주치자 고개를 끄덕였다.

황궁 밑 지하 도시에서 제갈윤이 정영을 꾀어서 데려갔던 동굴에 수많은 단지가 놓여 있지 않았는가?

혈선충이 담긴 채 살아서 꿈틀거리는 단지.

그때, 이강이 생각을 읽었는지 킬킬거리며 말했다.

"단지? 차라리 알이라고 하는 편이 낫겠군."

"알?"

"뭐, 혈선충은 산란하는 게 아닌 것 같다만 알 쪽이 더 어울리지 않냐."

"그렇군."

무명은 조용히 고개를 끄덕일 뿐, 뭐라 반문하지 못했다. 이강의 말이 소름 끼칠 만큼 허황되면서도 언뜻 일리가 있었기 때문이다.

그때, 피난민 중 누군가가 끼어들며 말했다.

"내가 그 흑의인을 본 것 같은데."

손을 들면서 입을 연 자는 나이가 삼십쯤 되는 사내였는데, 평범한 복장을 걸치고 딱히 이렇다 할 안광도 새어 나오지 않는 것으로 보아 강호인은 아닌 것 같았다.

정영이 물었다.

"어디서 봤소? 흑의인과 아는 사이요?"

"그건 아니오. 도성 외곽에서 태안까지 오는 행렬에 잠시 함께 있었던 것뿐이오."

갑자기 소소가 검지로 사내를 가리키며 외쳤다.

"앗! 우리 객잔 손님이다."

"그렇소. 나도 운백객잔에 묵고 있소."

사내가 어깨를 으쓱해 보인 뒤 말을 이었다.

"실은 흑의인의 행동이 매우 수상쩍었소. 남쪽으로 절을 하며 이상한 주문을 외웠다는 건 사실이오. 나도 봤으니까."

"잘 아는 사이가 아니라면서 어떻게 보았소?"

"그건⋯⋯."

정영이 무심코 던진 질문에 사내는 무슨 이유인지 말을 흐렸다.

이강이 피식 웃으며 말했다.

"네놈, 흑의인의 술 단지를 훔치려던 도둑이구나?"

"뭐, 뭐라고? 무슨 증거로 그런 말을⋯⋯."

"증거야 있지. 말을 더듬으며 놀라는 것을 보니 육룡채에 발을 들일 이름난 도둑은 못 되고 그냥 좀도둑에 불과한 모양이군."

이강이 웃음을 흘리며 좌우로 고개를 돌렸다. 그가 타인의 생각을 읽는다는 것을 알고 있는 무명, 정영, 하오문 문주의 시선이 사내에게 고정됐다.

그러자 사내는 이강의 말대로 담이 큰 대도둑은 아닌지 흔쾌히 사실을 털어놓았다.

"그, 그렇소. 하지만 나는 아무것도 훔치지 않았소! 믿어주시오!"

"훔치지 않은 게 아니라 못 훔친 거지. 뭐, 네놈한테는 천만다행이었지만, 후후후."

사내가 도둑이라는 걸 알게 되자 정영의 목소리가 날카롭게 바뀌었다.

"그래서? 또 무슨 일이 있었소?"

"…흑의인이 단지를 소중히 다루길래 술이 아니라 은자가 가득 들은 줄 알았소. 근데 그자 언행이 너무 괴이해서 단지에 손을 댈 엄두가 나지 않았소. 뭐라고 했더라?"

사내는 잠깐 기억을 되짚는가 싶더니 생각이 났는지 말했다.

"그래, '만련천하, 시황영생'이라는 주문이었소."

"만련천하, 시황영생?"

정영이 깜짝 놀라며 무명을 돌아봤다.

무명도 어느 정도 상황을 짐작하고 있었지만 막상 진상을 깨닫자 놀라움을 금할 수 없어서 침을 꿀꺽 삼켰다.

흑의를 걸친 것도 모자라 검은 천으로 얼굴을 싸맨 남자.

혈선충이 들어 있는 단지.

만련천하, 시황영생이라는 주문.

남자의 정체는 망자를 숭배하는 괴이한 사교(邪敎) 집단 만련영생교의 신도였던 것이다.

그때, 도둑 사내가 무언가 생각났는지 한마디를 덧붙였다.

"또 뭐라더라? 이번 계획이 성사되면 황궁과 흑랑성이 연결된다고 하던데?"

"뭐라고?"

이번에 사내를 추궁한 자는 하오문의 문주였다.

"그게 정말이냐?"

"그, 그렇소. 분명 들은 것 같소만……."

밀짚모자 밑으로 뿜어져 나오는 문주의 안광이 흉흉하자 사내는 말을 더듬으며 대답했는데, 거짓말을 하는 것 같지는 않았다. 다행히 문주는 더 추궁하지 않고 입을 다물었다.

이강이 킬킬대며 말했다.

"그 술 단지를 훔치지 않은 게 네놈 목숨을 살렸다."

그리고 엄지를 목에 대고 가로로 스윽 그었다. 만약 단지를 훔쳤다가는 망자가 되었으리라는 뜻을 알아차리자 사내는 얼굴이 새하얗게 질려 버렸다.

"자, 정리해 보자고."

이강이 손뼉을 짝 하고 친 뒤 말했다.

"흑의를 걸치고 검은 복면을 써서 얼굴을 숨기는 만련영생교의 신도 놈이 태안에 나타나서 혈선충 단지를 퍼뜨렸다. 서생 놈아, 맞냐?"

"그렇소."

이강은 남의 생각을 읽는 만큼 여러 사람의 긴 이야기를 알기 쉽게 정리했다.

"그럼 다음 차례로 넘어갈까?"

"다음 차례?"

"저놈이 아직 말 안 한 꿍꿍이속이 있다."

이강이 검지를 스윽 들더니 천천히 움직이다가 누군가를 향했을 때 딱 멈췄다.

그자는 다름 아닌 백노괴였다.

"힘들게 망자를 잡아 왔는데 이제 해부해서 망자의 비밀을 알아야 되지 않겠냐?"

그 말에 사람들이 경악하며 백노괴에게 시선을 집중했다.

문주가 싸늘한 목소리로 물었다.

"백노괴, 대체 무슨 속셈이지?"

그는 백노괴에게 사실이냐고 따로 묻지 않았는데, 이강이 백노괴의 생각을 훤하게 읽었다는 것을 이미 알고 있어서였다.

백노괴가 어깨를 으쓱하며 말했다.

"말했잖냐? 망자를 해부해 볼 생각이라고."

"네놈 혼자서 망자를 잡았을 리가 없을 텐데?"

"육룡채 놈들 도움을 받긴 했지."

"좋다. 규율을 어긴 죄는 돌아가서 묻겠다. 그 전에……."

"망자를 보고 싶다는 말인가?"

이번에는 백노괴의 말이 정곡을 찔렀는지 문주가 싸늘한

표정으로 침음했다.

무명과 정영도 침음한 채 하오문 문주의 결정을 기다렸다. 육룡채의 손을 빌려 망자를 잡아 온 백노괴. 규율을 어긴 것과는 별개로 그가 망자를 해부해서 무언가 비밀을 알아낼 수 있다면 뜻밖의 쾌거가 되리라.

백노괴가 그 사실을 모를 리 없었다.

"흘흘흘, 다들 망자의 비밀을 알고 싶으면서 딴청 피우기는. 알았다, 이쪽으로 와라."

그가 몸을 돌리더니 방 밖으로 성큼성큼 걸어 나갔다.

무명과 정영, 하오문 문주는 서로 시선을 교환한 다음 그의 뒤를 따라갔다. 마지막으로 방에서 나오던 이강이 피난민들에게 고개를 돌리며 말했다.

"봤냐? 강호인은 네놈들의 안위 따위 신경도 안 쓴다는 걸."

"뭐라고?"

정영이 화를 내자 이강이 킬킬대며 말했다.

"그럼 네년은 가지 말고 여기서 저들을 지키지 그래?"

"……."

창천칠조의 일원인 그녀에게는 망자의 비밀을 알아내는 것도 하나의 임무라고 볼 수 있었기 때문에 말문이 막혀서 침음했다. 물론 이강은 다 알면서 일부러 그녀의 심기를 긁은 것이었다.

그때, 소소가 정영을 향해 소리쳤다.

"걱정 마! 난 우리 아빠한테 무공을 배워서 망자 하나쯤은 물리칠 수 있어!"

소소는 어린애답지 않게 정영이 사람들을 신경 쓰는 것을 단박에 눈치챘는지 말했다.

"…그래, 얘야. 어머니 잘 모시고 있으렴."

"나는 얘가 아냐! 내 이름은 강소소야!"

"알았다, 소소."

정영은 소소에게 고개를 한 번 끄덕인 다음 몸을 돌렸다. 그리고 킬킬대는 이강을 무시하고 지나쳐서 무명 옆으로 걸어 갔다.

일행은 백노괴를 따라 망자가 포획되어 있다는 곳으로 향 했다.

백발이 성성한 그는 환갑이 훨씬 넘어 보였는데 뜻밖에도 어두컴컴한 복도를 빠르게 걸어갔다.

탁탁탁탁…….

이강이 피식 웃으며 중얼거렸다.

"네놈, 오른쪽 발이 의족이구나?"

"두 눈깔이 몽땅 없는 것보다야 백번 낫지."

"입조심해라. 그러다 멀쩡한 발도 의족 차는 수가 있다."

둘의 대화는 웃음기가 섞여 있었으나 내용은 얼음처럼 싸 늘했다.

한쪽 발이 의족인 백노괴는 걸을 때마다 좌우로 기우뚱거 리면서도 잘도 복도를 지나갔다. 그렇게 족히 차 한 잔 마실 시간이 지났을 때였다.

"다 왔다."

백노괴가 걸음을 멈추고 복도 옆에 있는 방을 가리켰다.

무명이 물었다.

"망자를 그냥 묶어놓았소? 망자에게 물린 자는 감염되어 망자가 될 수 있소."

"알고 있다. 손과 발에 수갑을 채워서 벽에 묶어두는 것은 물론 입에도 재갈을 채웠지. 맹수들도 물어뜯을 수 없는 재갈이다."

백노괴가 자신만만하게 말했다.

"다들 망자 구경이나 해라……."

그런데 막 방으로 들어서던 백노괴가 얼굴에서 웃음기를 지우며 말을 흐리는 것이었다.

이강이 싸늘한 목소리로 말했다.

"망자가 없어졌군."

방 안에는 텅 빈 수갑과 재갈만 축 늘어져 있을 뿐, 망자의 모습은 어디에도 보이지 않았다.

2장.

청면의 흉계

자신만만한 얼굴로 망자를 포획해 놨다고 말한 백노괴.

그러나 방 안은 텅 비어 있었다.

망자를 묶어놓았다는 강철 수갑과 재갈은 사슬에 연결되어 벽에 꿰인 채 한여름의 개 혓바닥처럼 축 늘어져 있었다. 물론 망자는 어디에도 보이지 않았다.

"이럴 리가 없어……."

지금까지 한 번도 여유를 잃지 않던 백노괴의 얼굴에서 웃음기가 싹 사라졌다.

"여기 잡아놓은 망자는 혼백이 없는 짐승 같은 놈이야. 그런 놈이 스스로 수갑과 재갈을 풀고 도망칠 리 없다고."

"망자는 네놈이 아는 것처럼 단순하지 않아."

누군가 정신이 흐트러질 때면 비수처럼 독설을 퍼붓는 이강이 아니나 다를까 한마디를 내뱉었다.

"요새 망자가 얼마나 교활한데. 안 그러냐, 서생 놈아?"

"망자가 없어졌는데 즐거워하는 당신만큼 교활하진 않겠지."

"후후후, 우문현답이군."

백노괴가 고개를 절레절레 저으며 중얼거렸다.

"이상하군. 저 수갑과 재갈은 만년한철을 섞어 만들어서 도검으로는 절대 자를 수 없는 것인데."

만년한철(萬年寒鐵)은 만 년을 묵힌 한철로, 천금을 주고도 쉽게 구하기 힘든 철이었다. 만년한철로 만든 도검은 오랜 세월이 지나도 이가 빠지지 않고 퍼런 서슬이 감돈다는 말이 있을 정도였다.

평범한 도검으로는 수갑과 재갈을 자를 수 없다는 뜻.

그런데 망자가 만년한철 수갑과 재갈을 어떻게 풀었는지에 대한 수수께끼는 뜻밖에도 허무하게 풀렸다.

무명이 수갑과 재갈을 살피더니 말했다.

"수갑과 재갈에 잘린 흔적이 없소. 누가 열쇠로 그냥 풀어 준 것이오."

"뭐라?"

백노괴가 인상을 찌푸리며 수갑과 재갈을 쳐다봤다. 무명의 말대로 수갑과 재갈은 자물쇠가 풀려서 입 벌릴 감(ㄴ) 자처럼 열려 있는 것이 아닌가?

"정말이군. 대체 어떤 자가 망자를 풀어준 거지?"

"네놈도 나이를 헛먹었군. 망자를 풀어줄 놈쯤이야 바닷가의 모래알처럼 많은 게 육룡채다, 후후후."

이강이 백노괴를 비웃으며 말했다.

그때, 갑자기 이강이 방 밖을 향해 고개를 홱 돌렸다.

"…이런 젠장."

그는 욕설을 내뱉더니 앞으로 달려들어서 바닥에 떨어져 있는 수갑을 낚아챈 다음 있는 힘을 다해 잡아당겼다. 콰드득! 수갑과 연결되어 벽에 박혀 있던 사슬이 송두리째 뽑혔다.

이어서 이강은 복도로 사슬 꾸러미를 들고 복도로 달려 나갔다.

다른 사람들이 무슨 영문인지 모른 채 복도로 나왔을 때, 그가 막 복도 건너편의 어둠을 향해 사슬을 집어 던졌다.

좌르르륵!

그런데 천장 위에서 무언가 거무스름한 벽이 아래로 떨어져 내리는 것이 아닌가?

천장에서 떨어진 것은 우물 정(井) 자 모양의 격자가 빼곡히 난 철창이었다. 그제야 사람들은 이강의 뜻을 알아차렸다. 누군가의 생각을 읽고 철창이 떨어지는 것을 미리 알아차린 그는 사슬을 던져서 철창을 막으려 했던 것이다.

하지만 때는 이미 늦은 상태였다.

철창은 수백 근이 넘는 돌벽처럼 바닥에 박히며 떨어졌다.

철커덩!

이강이 던진 사슬은 벽에 대가리를 박은 뱀처럼 속절없이 바닥에 떨어졌다. 철그르륵.

"한발 늦었군."

이강이 싸늘한 목소리로 말했다.

그때, 무명은 문득 이상한 점을 발견했다.

일행의 발을 묶으려면 철창은 복도 양쪽에서 내려와야 정상이었다. 그런데 철창은 복도 한쪽에만 내려와 있어서 일행이 마음만 먹으면 얼마든지 지금 장소를 벗어날 수 있었다.

모든 방향을 막지 않은 철창 감옥?

그 의도가 무엇일까?

그때였다.

철창 너머에서 키득거리는 웃음소리와 함께 사람 그림자가 나타났다.

"이야, 이게 누구신가? 강호 사대악인으로 천하에 위명을 떨치는 적월혈영 이강 님이 아니신가? 히히히."

곧 그림자가 철창으로 바싹 다가왔다.

순간, 무명과 정영은 침을 꿀꺽 삼키며 얼굴이 굳어버렸다. 그자는 얼굴에 인피면구를 쓰고 있었는데, 인피면구에 수많은 검흔이 나 있어서 보는 이의 마음을 움찔하게 만들었던 것이다.

또한 죽은 지 시간이 지난 시신으로 만들었는지 살결이 거칠고 푸르스름했다.

인피면구는 시신의 얼굴 피부로 만들기 때문에 표정이 드러나지 않고 불쾌감을 주는 게 당연했다. 그렇다고 해도 최대한 산 사람과 구분되지 않도록, 또 인피면구를 쓴 사실을 들키지 않도록 만드는 것이 상식이다.

그러나 눈앞의 인물은 죽은 시신의 얼굴을 뒤집어쓰고 있다는 것이 한눈에 보이지 않는가?

사정이 그러니 무명과 정영이 순간, 멈칫거린 것도 무리가 아니었던 것이다.

이강이 쓴웃음을 지으며 말했다.

"오랜만이군, 청면."

그림자의 별호는 푸른 얼굴이라는 뜻인 청면(青面)인 것 같았다. 푸르스름한 인피면구 얼굴에 잘 어울리는 괴이한 별호였다.

"아직도 명문정파 놈들한테 잡혀서 죽지 않았다니, 네놈 명줄 한번 길군."

"너도 마찬가지 아닌가? 흑랑성에 들어가서 죽은 줄 알았더니 잘도 살아남았잖아."

둘의 대화는 웃음 섞인 목소리와 달리 싸늘하기 그지없

었다. 강호 사대악인과 육룡채의 흑도인. 두 명 모두 강호의 정리와는 별개의 인물이나, 서로 사이가 좋을 리는 없었다.

청면 뒤에는 어느새 십여 명의 육룡채 흑도인들이 운집해 있었다. 그들은 하나같이 얼굴이 험상궂고 외모가 흉악해서 세 살배기 어린애가 봐도 한눈에 악인이라는 것을 알아차릴 정도였다.

단지 괴이한 점은 그중에 긴 머리가 곱게 흘러내리고 백의를 걸친 젊은 여인이 한 명 끼어 있다는 것이었다.

이강이 육룡채 일당을 둘러보듯이 스윽 고개를 돌린 뒤 말했다.

"육룡채에 왔는데 왜 손님 대접을 안 하나 싶더니 속셈이 있었구나."

"이런, 섭섭한 말씀인데?"

청면이 두 손을 뻗어 철창을 쥐고 흔들었다. 하지만 철창은 사람이 통과할 수 없을 만큼 격자 사이가 빽빽한 것은 물론, 무게가 상당한지 꿈쩍도 하지 않았다.

"이게 바로 육룡채가 손님을 대접하는 방법이라고! 안 그러냐?"

청면이 고개를 돌리며 말하자 뒤에 있는 흑도인들이 한마디씩 지껄였다.

"만년한철검으로도 못 잘라내야 철창이라고 할 수 있지."

"철창을 통과하는 방법이 알고 싶냐? 딱 하나 있다. 몸을 토막토막 자른 뒤 철창 구멍으로 집어넣으면 돼, 킬킬킬!"

"으헤헤헤, 그거 엄청 좋은 방법이잖아!"

육룡채 일당은 한참을 킬킬대며 웃음을 멈추지 않았다.

그때, 이강이 일당의 생각을 읽었는지 말했다.

"네놈들, 태안에 가서 백팔룡을 약탈했군."

"어라? 그걸 어떻게 알았지?"

청면이 고개를 갸웃하며 말했다.

"최근 백팔룡의 세가 약해졌다는 소문을 들어서 말이야. 우리가 또 구경만 하고 있을 양반이 아니잖아? 백팔룡도 손봐주고 황가전장의 은자도 좀 챙겨서 왔지."

청면의 대답을 들은 이강이 무슨 이유인지 슬쩍 정영을 돌아보며 말했다.

"봤냐? 네놈들이 정의란 걸 행한 결과다."

"……."

정영은 아무 반박도 못 하고 침음했다.

백팔룡은 황가전장을 운영하고 있는 태안의 흑도 방파다.

무명이 몸에 있는 문신의 비밀을 찾아 황가전장에 방문했을 때, 창천칠조 역시 이강을 찾아서 침입했었다. 창천칠조는 전장을 떠나면서 막아서는 백팔룡 무사들을 일망타진했다. 특히 당호가 독약을 쓴 게 결정적이었다.

당호 말로는 죽지는 않을 거라고 했으나, 말 그대로 목숨만

건져서는 무공을 쓸 수 없는 폐인이 되었을지 모르는 일이었다.

졸지에 인원수가 줄어든 백팔룡은 태안에 갑자기 망자가 퍼지자 오합지졸로 변했다. 때문에 육룡채의 먹잇감이 될 수밖에 없었던 것이다.

남의 약점을 파고들어 자기 잇속을 챙기는 자들.

뿌리부터 흑도인이 아닐 수 없었다.

결국 백팔룡의 몰락을 초래한 것은 창천칠조인 셈이었으니 정영은 이강의 비아냥에 말문이 막혔던 것이었다.

청면이 말을 이었다.

"가는 길에 망자도 잡아 왔지."

"실은 그게 본목적 아니냐? 백팔룡은 태안에 간 김에 전리품 챙긴 거고."

"그동안 독심술이라도 익혔냐? 아주 기가 막힌데!"

청면이 엄지를 목에 대고 가로로 길게 그었다. 목을 베는 폼이었다.

"망자는 죽지 않는다고 하던데 정말 목을 베도 다시 살아나더군."

"그래서 어떻게 했냐?"

"몰라서 물어? 죽을 때까지 베고 또 벴지."

"네놈은 아직 망자를 몰라. 수백 번 목을 베도 되살아나는 게 망자다."

"그러든지 말든지. 그보다 네놈 걱정이나 하시지? 히히히."

둘의 대화에 별 내용은 없었으나 얼마나 독기가 서려 있는지 주위 사람들은 공기 중에서 바늘이 살갗을 찌르는 듯한 살기를 느꼈다.

그때, 육룡채 일당 중에 홍일점으로 끼어 있던 젊은 여인이 무명에게 말을 걸었다.

"두뇌 명석한 서생님, 잘 계셨나요?"

"…누구신지?"

"저예요. 모르겠어요?"

여인이 허리까지 내려온 긴 머리를 살짝 옆으로 흔들며 말했다. 하지만 무명은 여인의 얼굴이 전혀 기억나지 않아서 대답 못 하고 침음했다.

이강이 피식 웃으며 한마디 했다.

"지하 감옥에서 봤잖아?"

순간, 무명은 여인이 누구인지 깨달았다.

'당랑귀녀!'

여인은 무명이 황궁 밑 지하 감옥에서 처음 눈을 떴을 때 이강과 함께 있던 강호 사대악인 중의 한 명인 당랑귀녀였다.

하지만 지금 그녀의 외모는 예전과 비교해서 전혀 딴판이었다. 그때는 속이 비치는 하늘하늘한 도화색 옷을 입고 있었는데, 지금은 세가의 귀한 따님처럼 백의를 걸치고 있었다.

복장보다 더욱 달라진 것은 얼굴 표정이었다.

당장 방사를 치르자고 유혹하던 색기 어린 시선은 감쪽같이 사라졌고, 대신에 순수하고 마음 착한 여인의 눈빛이 자리하고 있었던 것이다. 무명이 그녀를 몰라본 것도 무리는 아니었다. 표정 하나로 사람이 이처럼 달라질 수 있다니…….

무명의 얼굴 표정이 이상했는지 정영이 물었다.

"누구요?"

무명이 선뜻 말을 못 하고 있자 당랑귀녀가 수수한 목소리로 대답했다.

"서생님과 저는 생사의 위기를 함께 넘긴 사이예요."

무명은 그 말에 반박할 수 없었다. 맞는 말이긴 했으니까.

그러나 육룡채 일당에 섞여 있는 여인이 계속해서 뜻 모를 말을 꺼내자 정영의 얼굴과 입가는 대번에 굳었다.

당랑귀녀가 눈썹을 살짝 찡그리며 말했다.

"여기는 벗어나기 쉽지 않을 거예요. 지하 감옥과는 달리 기관진식 같은 건 없고 그냥 감옥이거든요. 철창 밖으로 나오지 않는 이상 철창을 올릴 방법은 없어요."

무명을 진심으로 걱정하는 목소리.

양미간을 구기는 그녀의 표정이 너무나 순수하게 보여서 무명은 자기도 모르게 침을 꿀꺽 삼켰다.

가슴이 아플 때마다 눈썹을 찡그리는 서시의 모습을 보고 뭇 남자들이 반했다는 전설이 있다. 경국지색 서시의 이목구비가 지금 당랑귀녀와 같으리라.

청면이 그녀의 말을 자르며 끼어들었다.

"저놈은 포기해라. 그만 가자. 아직 할 일이 남았잖아?"

"서생님, 그럼 안녕히."

"……."

당랑귀녀는 잠시 서글픈 눈매로 무명을 쳐다보더니 곧 육룡채 일당을 따라 몸을 돌렸다.

그때, 이강이 불쑥 입을 열었다.

"또 보자고, 당랑귀녀."

그 말에 두 명의 인물이 벼락을 맞은 것처럼 흠칫 놀랐다.

한 명은 물론 무명이었다. 먼저 이강이 당랑귀녀라고 눈치를 주었을 때, 무명은 목구멍까지 나온 말을 삼켰다. 이강이 지금 말을 꺼낸 것도 무명의 생각을 읽고 일부러 행한 짓이었다.

나머지 한 명은 정영이었다.

당랑귀녀는 점창파 사형제의 죽음에 직접 관여된 인물이 아닌가?

무명은 매서운 눈초리로 이강을 쏘아봤다. 그는 두 눈이 없어도 무명의 눈빛을 느끼고 있는지 숨을 죽인 채 연신 킬킬거렸다.

단지 장난삼아, 또 어떤 결과가 나올지 궁금해서 두 여인의 원한을 끄집어낸 이강.

…그는 진짜 악인이었다.

불구대천의 원수 당랑귀녀. 정영은 잠깐 멈칫하며 무명과 이강을 번갈아 봤는데, 무명이 아무 말도 못 하고 침음하자 이강의 말이 맞다는 것을 깨달았다.

쉬익! 정영이 당랑귀녀를 향해 척사검을 겨누었다.

"거기 서라!"

"누구시죠?"

어둠 속으로 사라지던 당랑귀녀가 발을 멈추고 뒤를 돌아 봤다.

"네년이 당랑귀녀라고?"

"예. 강호에서는 그렇게 부르더군요. 하실 말씀이라도?"

"나는 점창파의 정영이다! 점창파의 이름으로 네년을 처단 하겠다!"

"…점창파?"

"그렇다! 설마 발뺌하려는 건 아니겠지? 당장 내 검을 받아 라!"

"…네 검을 받으라고? 어떻게?"

갑자기 당랑귀녀의 목소리가 싹 바뀌었다.

"네년도 이강처럼 두 눈깔이 없냐? 여기 철창이 가로막혀 있는데 뭔 수로 네 검을 상대해? 아하하하!"

듣는 이의 귀가 따가울 만큼 카랑카랑한 목소리.

무슨 영문인지 모르나 당랑귀녀는 무명이 처음 만났을 때 의 모습으로 돌아왔다.

백의를 걸치고 부잣집 따님처럼 수줍은 미소를 짓고 있던 당랑귀녀.

그녀가 앙칼진 목소리로 말했다.

"여기 철창 안 보이니? 대체 무슨 수로 네 검을 상대하라는 말이지? 아하하하!"

듣는 이의 귀가 따가울 만큼 카랑카랑한 목소리로 웃어젖히는 당랑귀녀는 무명이 지하 감옥에서 만났을 때의 모습 그대로였다.

당랑귀녀의 언행이 갑자기 돌변하자 정영은 영문을 몰라서 멈칫했다.

그때, 청면이 둘 사이에 끼어들었다.

"헤에, 그쪽이 점창파의 후기지수라고?"

그가 당랑귀녀의 등에 찰싹 달라붙은 뒤 그녀의 귓가에 바싹 입을 들이대며 말했다.

"하늘이 정해준 은원은 땅끝까지 간다고 하더니 여기서 둘이 만날 줄은 꿈에도 몰랐겠군. 어때, 당랑귀녀? 철창 열고 둘이 맞대면하게 해줄까?"

"필요 없어."

"왜지?"

"점창파의 명맥을 아주 끊어버릴 것까진 없잖아."

당랑귀녀가 정영을 흘깃 쳐다보며 말하자, 잠깐 멍하니 있던 정영이 분노를 터뜨렸다.

"뭐라고? 감히 점창파의 이름을 더럽히다니!"

정영이 몸을 날려 철창 사이로 척사검을 내질렀다. 슈웃!
그러나 당랑귀녀와 청면은 재빨리 뒤로 몸을 날렸고, 검은 청
찰의 격자에 막혀서 허공을 찌르고 말았다.

"오호, 이것이 소문으로만 듣던 점창파의 사일검법인가?"

"그런 것 같네. 쓸데없이 빠르기만 하잖아."

"속도가 빠르면 좋지, 무슨 소리냐?"

"아니. 검은 빨라도 좋지만 사내는 느려야 제구실을 하지."

"이런! 고금천하의 명언이로세, 히히히!"

시끄럽게 떠드는 둘의 대화가 무거운 분위기를 어수선하게
만들었다. 청면은 이제 혓바닥을 내밀어 당랑귀녀의 목덜미를
핥기까지 했다.

"그러지 말고, 어때? 철창 올려줄 테니까 한번 해보라고.
점창파의 수법은 통 보기가 힘든데 오늘 구경 좀 하고 싶거
든."

"싫어. 저년을 오늘 죽이면 안 돼."

"왜?"

"저년이 살아 있어야 내 위명을 강호에 퍼뜨리고 다닐 것
아냐?"

"아하, 그런 것이었군! 네년이 사대악인 중에서 단연 최고
다!"

청면은 검지로 이강을 가리켰는데, 당랑귀녀가 이강보다 더

악독하다는 뜻이라는 것을 주위 사람들 모두가 알 수 있었다.

그러자 이강도 끼어들며 한마디 했다.

"이거 섭섭하군. 이 몸은 사대악인 따위가 아니라 강호제일 악인인데 말야."

"으헤헤, 그랬냐? 히히히히!"

"아하하하하!"

"후후후."

세 악인의 웃음소리가 어두운 건물 벽의 여기저기에 반사되면서 울려 퍼지는 것이 꼭 악귀들이 울부짖는 소리처럼 들렸다. 그야말로 아연실색할 분위기. 정영은 하도 어처구니가 없는 나머지 입을 꾹 다문 채 침음했다.

청면이 얼굴에서 웃음을 싹 지우더니 말했다.

"그만 가자. 좋은 구경거리 놓칠라."

그리고 이강을 향해 대충 손을 휘저은 다음 어둠 속으로 사라졌다. 당랑귀녀와 육룡채 일당도 그를 따라갔다.

그때, 어둠 속에서 당랑귀녀가 고개를 돌려 정영을 쳐다봤다.

분한 눈으로 그녀의 뒷모습을 노려보고 있던 정영은 재빨리 검을 가슴으로 올려 기수식을 취했다. 앞이 철창으로 가로막혀 있다는 사실조차 잊을 만큼 긴장했던 것이다.

그러나 잠시 후, 당랑귀녀는 그대로 몸을 돌려서 어둠 속으로 들어가 버렸다.

무명은 당랑귀녀의 눈빛을 보고 그녀의 심정이 무언가 이상하다는 것을 깨달았다.

혹시 이강은 그녀의 생각을 읽었을지 모르지만, 무명은 그가 두 여인 사이를 농락하며 즐기는 것을 더는 보고 싶지 않아서 묻지 않았다.

그리고 이강이 또 어떤 말로 정영을 도발할지 몰라 먼저 말을 걸었다.

"육룡채는 그저 흑도인들이 모이는 장소라고 들었는데 이런 기관진식까지 있을 줄은 미처 몰랐소."

이강이 쓴웃음을 지으며 대답했다.

"나도 방금까지 몰랐다."

백노괴가 끼어들며 말했다.

"이건 기관진식이 아니고 그냥 감옥이다. 육룡채에는 이렇게 길을 막는 벽이 많다고 알고 있어."

"이유가 무엇이오?"

"글쎄. 정파인이 쳐들어오면 길을 막은 뒤 함정에 몰아넣기도 하고, 사람들을 한데 몰아놓고 싸움을 시켜서 도박을 벌인다는 얘기도 있다."

"흑도인답게 더러운 수작이군."

정영이 눈살을 찌푸리며 말했다.

그런데 무명이 뜻밖의 말을 꺼내며 백노괴의 말을 반박하는 것이었다.

"지금 경우는 당신 말이 들어맞지 않소."

"백면서생 애송이가 내 말에 딴지를 놓는다고? 그래, 네놈 생각은 뭐냐?"

"이 철창은 우리를 가두려는 게 아니오."

무명이 철창으로 다가가더니 흑도인들이 사라진 어둠 속을 바라보며 말을 이었다.

"철창은 여기만 내려왔소. 반면 우리 등 뒤는 여전히 길이 열려 있으니, 청면 일당만 쫓아가지 못할 뿐, 우리 발을 잡을 수는 없소."

"…그건 그렇군. 해서?"

"청면은 우리가 자신들 쪽으로 넘어오지만 못하게 했단 뜻이오."

"왜? 놈들이 쪽수는 더 많을 텐데?"

그때, 무명이 고개를 홱 돌려서 뒤를 봤다. 그의 시선이 꽂힌 자는 이강이었다.

"이강, 그만 말하시지. 청면의 속셈이 뭐지?"

"나한테 주사위를 넘기는 거냐?"

"한 가지 짐작 가는 것은 있지. 단 확실히 해두고 싶군."

"후후후, 알았다. 놈들은 철창 너머의 사람들을 망자로 만들 계획이다."

무명은 청면의 생각을 어느 정도 짐작하고 있었지만, 정영처럼 순수한 자는 이강의 말을 듣고 입을 딱 벌리며 경악했다.

"망자가 묶여 있던 수갑과 재갈을 풀어준 것도 청면이겠군?"

"서생 놈, 다 알고 있으면서 물어본 거냐?"

"그저 추측했을 뿐이오."

"그래, 놈들이 망자를 풀어놨다. 혹시 망자가 자신들 쪽으로 올지 몰라서 철창을 내린 거지. 뭐, 조금 있으면 어디선가 망자가 나타나지 않을까 싶군."

"대체 왜?"

정영이 목소리를 떨며 묻자 이강이 어깨를 으쓱하며 대답했다.

"흑도인이 악행을 저지르는 데 이유가 왜 필요하지?"

"흑도인도 사람이지 않소? 이건 강호의 정리에 어긋나는 일이오!"

"한숨 나오는군."

이강은 답답한지 정말로 푹 한숨을 쉬었다.

"굳이 이유가 듣고 싶다면 말해주마. 놈들은 망자를 만들어내서 이용할 방법을 궁리하고 있다. 명문정파에 망자를 풀어놓거나 해서 세를 넓히고 큰돈을 만질 생각이지."

이어서 백노괴 쪽으로 고개를 돌리며 말을 이었다.

"네놈이 망자를 해부하겠다고 하자 청면이 선뜻 인력을 동원해 준 것도 그래서다. 네놈은 좋은 뜻이었는지 몰라도 결국 청면한테 이용당한 거라고, 후후후."

이강의 독설이 신랄하게 사람들의 마음을 파고들었다.

순수한 정영은 물론, 노련한 백노괴마저 청면이 어떤 흉계를 품었는지 알게 되자 굳은 얼굴로 침을 꿀꺽 삼켰다.

이제 사람들은 청면 일당이 사라진 철창 너머를 쳐다보지 않았다.

반대로 몸을 돌리고 자신들이 지나쳐 왔던 복도를 살폈다.

어둠 속 어딘가에 망자가 있다…….

척! 정영이 어둠을 향해 척사검을 겨누었다. 이강의 말에 충격을 받았으나 곧바로 정신을 차릴 만큼 심지가 굳은 그녀였다.

그때, 이강이 킬킬거리면서 뜻 모를 말을 했다.

"하여튼 순진한 아가씨라니까. 서생 놈아, 몽땅 말해줘라."

"청면의 목표는 우리가 아니오."

"뭐라고? 그럼 누구…….''

정영이 영문을 몰라서 되묻다가 무언가를 깨달았는지 두 눈을 크게 떴다.

"태안에서 온 피난민들!"

탓! 그녀는 말이 끝나기도 전에 바닥을 박차고 피난민들이 모여 있던 방으로 달려갔다.

하오문 문주와 백노괴도 정영의 뒤를 따라 몸을 날렸다.

마지막까지 남은 자는 무명과 이강이었다.

"네놈과 나만 뒤처졌군. 역시 너는 나와 같은 악인이라니까."

"부인하진 않겠소."

무명은 한마디 말을 내뱉은 뒤 정영을 따라 몸을 돌렸다.

그 말이 뜻밖이었는지 이강은 철창 근처에서 잠깐 멍하니 서 있었다. 그러더니 곧 어깨를 으쓱한 다음 여유롭게 일행을 따라 발을 옮겼다.

"못 보던 사이에 정말 많이 달라졌군, 후후후."

정신없이 복도를 달리던 정영 앞에서 복도가 막히며 좌우로 길이 갈라졌다.

그녀가 어디로 가야 할지 몰라 발을 멈췄을 때 어느새 뒤따라온 백노괴가 앞장을 섰다.

"이쪽이다."

백노괴가 오른쪽 길로 방향을 틀며 말했다.

정영은 고개를 끄덕인 뒤 그의 뒤를 따라 몸을 날렸다. 하오문 문주도 선두에 바싹 붙어서 달려오고 있었다.

피난민들이 모여 있던 방에 거의 다 왔다고 여겨질 때였다.

"으아아악!"

복도 저 멀리 어둠 속에서 사람들의 비명 소리가 들렸다.

일행이 더욱 걸음을 빨리하는 찰나, 복도 모퉁이에서 사람 그림자 하나가 튀어나왔다.

"흐어억……!"

그림자는 검을 든 정영을 보더니 소스라치게 놀라며 바닥에 엉덩방아를 찧었다. 그러나 곧바로 정영 일행을 알아차리고 말했다.

"당신들은?"

그는 군위표국의 총관이었다. 정영이 물었다.

"망자가 나타났소?"

"그, 그렇소! 갑자기 망자가 나타나서 사람들을 물어뜯고 난리도 아니오!"

"소소와 어머니는?"

"객잔을 한다는 모녀 말이오? 나도 모르오. 무작정 도망치느라……."

총관이 말을 흐리자 정영은 그를 내버려 둔 채 검을 들고 어둠 속으로 달려들었다.

"가지 마시오! 지금 거기로 가는 건 자살행위요!"

총관이 손을 뻗으며 외쳤지만 정영의 모습은 이미 사라진 뒤였다.

어두컴컴한 복도를 달리던 정영은 계단을 뛰어오른 다음 맞은편에 있는 방으로 들어갔다. 기억하는 대로라면 이곳이 피난민들이 모여 있는 방이리라.

짐작은 정확했다.

그러나 문제가 있었다. 수십 명의 피난민들은 온데간데없이 보이지 않았고, 방구석에는 망자에게 당해서 이미 목숨을 잃은 사람 두세 명만이 쓰러져 있었던 것이다.

점창파의 후기지수인 그녀에게 혈귀 같은 망자 하나쯤은 별문제가 안 됐다. 아니, 강호의 삼류 무사라고 해도 도검이 있고 망자에게 물리면 안 된다는 주의 사항만 알고 있다면 망자 하나에게 당할 일은 없었다.

하지만 피난민들은 무공을 전혀 모르는 자들이 아닌가?

아무리 치고 밀쳐도 쓰러지지 않고 미친 듯이 덤벼드는 망자. 피난민들에게 망자는 산길에서 만난 호랑이와 같았으리라.

정영은 입술을 질끈 깨물며 중얼거렸다.

"소소야……."

이윽고 다른 일행도 방에 들어왔다.

정영은 무명과 시선이 마주치자 천천히 고개를 저었다.

무명은 한눈에 상황을 알아차렸다. 혈귀가 나타나자 사람들은 혼비백산해 뿔뿔이 흩어져서 달아난 것이 분명했다.

백노괴가 말했다.

"망자 하나에 모두 당했을 리 없어. 서두른다면 몇 명이라도 목숨을 구할 수 있을 거다."

하지만 그의 목소리는 지금까지의 그답지 않게 어딘가 힘이 빠져 있었다.

백노괴가 망연자실한 것도 당연했다. 태안에서 피난민들을 이끌고 왔는데 알고 보니 육룡채의 흉계에 빠져서 사람들을 희생시킨 장본인이 된 셈이 아닌가?

정영이 얼음처럼 차가운 목소리로 말했다.

"맹세하겠소. 청면, 그자를 잡아서 무림맹으로 압송할 것이오."

가장 늦게 방에 도착한 이강이 그 말을 듣고 킬킬대며 말했다.

"이런, 점창파 여걸에게 단단히 찍혔으니 청면 놈 앞길도 훤하군. 한데 놈이 나보다 더한 악인으로 지목되면 곤란한데 말씀이야."

"지금 그따위 농담을 지껄일 때냐!"

쉭! 정영이 참지 못하고 이강에게 검을 겨누었다.

그때였다.

"엄마, 이쪽이야!"

어린 여자아이의 목소리. 소소가 분명했다.

정영은 목소리가 들린 복도로 몸을 날렸다. 좌우로 고개를 돌리던 그녀는 어두컴컴한 복도를 달려오는 소소와 어머니를 발견했다.

"소소! 무사했구나!"

정영이 달려가서 둘을 맞이했다. 검을 들고 어둠 속을 살폈으나 다행히 추격하는 망자의 모습은 보이지 않았다.

소소가 정영을 보더니 대뜸 엉뚱한 말을 꺼냈다.

"망자가 나타나서 난리 났었어. 당신도 무사했어?"

"나야 당연히 무사하지. 그걸 왜 묻니?"

"궁금하니까 물어보지! 아빠가 같은 강호인끼리는 돕고 살아야 된다고 했다고."

소소의 당찬 말에 정영은 피식 웃음을 흘렸다.

그러나 사태가 진정된 것은 아니었다. 소소, 어머니, 표국 총관. 피난민 수십 명 중에서 안전을 확인한 자는 고작 세 명에 불과했다.

"다른 사람들은?"

"저쪽에 있어!"

소소가 복도 너머의 어둠 속을 가리켰다.

마침 사람 그림자 하나가 비틀거리며 모습을 드러냈다. 소소는 원래 알던 사이인지 아니면 피난 중에 안면을 익혔는지 그자를 향해 뛰어갔다.

"아저씨!"

그때였다.

커어어엉!

그림자는 개가 울부짖는 소리를 내며 소소를 향해 달려들었다.

소소가 두 팔을 활짝 펼치며 그림자를 향해 뛰어갔다.

순간, 그림자가 두 눈에서 시뻘건 안광을 내뿜더니 짐승의 울음소리를 그렁거렸다.

커어어엉!

"…아저씨?"

소소는 금세 얼굴이 새하얗게 질려서 자리에 서버렸다.

망자는 입을 찢어져라 활짝 벌렸다. 쩌억! 어둠 속에서도 실낱같은 빛을 받아 반짝거릴 만큼 두 개의 송곳니는 길고 날카로웠다. 이윽고 망자가 소소에게 달려들었다.

키에에에엑!

순간, 소소의 뒤에서 한 줄기 빛이 번쩍거리며 앞으로 뻗어나왔다.

정영이 척사검을 내지른 것이었다.

슈우웃! 꿰에에엑…….

척사검이 망자의 입을 정통으로 찌른 뒤 목뒤까지 관통했다. 망자는 먹따는 소리를 지르면서 벼락에 맞은 것처럼 전신을 부들대더니 정영이 검을 회수하자 곧 바닥에 나동그라졌다. 털퍼덕.

정영이 소소를 걱정하며 물었다.

"괜찮니?"

"…난 괜찮아."

소소가 입술을 질끈 깨물며 고개를 끄덕였다.

당찬 소소의 모습을 보고 정영이 가슴을 쓸어내릴 때, 뒤에서 따라온 하오문 문주가 망자를 가리키며 말했다.

"망자는 한번 찔렸다고 반드시 죽는 게 아니다. 다시 일어나지 못하게 하려면……."

"혈선충의 심맥을 갈라야 한다는 것쯤은 알고 있소."

"그렇군. 그래도 확인 삼아 놈의 목을 베는 건 어떨까?"

"아니. 일검으로 충분하오."

정영이 조언을 일축하자 문주는 입가를 굳게 다물더니 쓰러진 망자에게 다가갔다. 그리고 발을 뻗어 망자를 뒤집어서 엎드린 자세로 만들었다.

벌렁.

망자의 목뒤에 검이 길게 관통한 검흔이 또렷하게 보였다.

"호오."

검흔을 살피던 문주가 입꼬리를 말아 올리며 감탄사를 내뱉었다. 얇게 갈라진 검흔 속에서 혈선충 한 가닥이 삐져나온 채 축 늘어져 있었던 것이다. 혈선충이 자리하고 있는 망자의 심맥을 정확히 꿰뚫었다는 증거였다.

"제법이지 않냐?"

이강이 팔짱을 끼고 복도 벽에 등을 기댄 채 말했다.

"대체 어떻게 단번에 심맥을 찾아내는지 신기하단 말이야. 검법은 평범하기 짝이 없는데 정확성 하나만큼은 십사호에 필적할 것 같으니."

그가 정영의 검법을 두고 칭찬 반 비아냥 반의 말을 하자 뜻밖에도 문주는 쓴웃음을 지으며 반박하는 것이었다.

"모든 무공은 경지에 오를수록 오히려 평범하게 보인다. 겉

치레가 화려한 초식보다 단순한 찌르기가 검법의 정수라는 것도 모르나?"

"후후후, 네놈의 살인 비검처럼?"

"그래."

비아냥에도 불구하고 문주가 단호하게 대답하자 이강은 어깨를 으쓱해 보일 뿐, 더는 농담을 던지지 않았다.

정영이 소소에게 말했다.

"다른 사람들을 구하러 가야겠다. 너는 어머니에게 가 있으렴."

"싫어! 나도 같이 갈 거야."

소소가 고집을 부리자 정영이 난감한 얼굴로 소소의 어머니를 쳐다봤다.

그때, 백노괴가 정영의 고민을 풀어주며 말했다.

"어차피 모녀를 여기 놔둘 수는 없지. 둘은 무리 중간에 두고 전진하는 게 낫겠군."

"좋은 생각이오."

정영이 검을 들고 어둠 속을 향해 앞장서자, 하오문 문주가 그녀 뒤를 따라붙으며 호위를 했다. 백노괴는 소소, 어머니, 총관을 대동하고 중간에서 그녀를 따라갔다. 그러자 후미는 자연히 무명과 이강이 맡게 되었다.

이강이 피식 웃으며 말했다.

"아주 사저와 사매가 따로 없군."

정영과 소소를 두고 사저와 사매, 즉 같은 문파의 언니와 동생이라고 비유하는 말이었다.

　이강은 비아냥거리느라 한 말이었지만, 무명은 의외로 그의 말이 그럴듯하다고 생각했다. 아직 어린 나이지만 어머니와 함께 객잔을 꾸려 나가는 당찬 아이 소소. 왠지 정영의 어렸을 적 모습이 딱 소소 같았으리라.

　일행은 발 빠르게, 그러나 언제 망자가 튀어나올지 몰라 긴장하면서 앞으로 이동했다.

　복도가 갈라진 곳이나 계단이 나오는 곳마다 철창이 내려와서 길을 막고 있었다. 때문에 일행은 다른 곳을 살피지 못하고 일직선으로 전진할 수밖에 없었다.

　그런데 길을 막은 철창이 세 번째로 나왔을 때였다.

　피난민으로 보이는 사람 하나가 철창을 부여잡은 채 쓰러져 있었다. 그는 이미 숨이 끊어져 있었는데, 두 손으로 철창을 꽉 붙잡고 있는 자세로 보아 죽기 직전까지 철창을 올려 도망치려고 하던 것 같았다.

　백노괴가 피난민을 살피더니 말했다.

　"이자는 이미 숨졌다."

　"나중에 망자로 변해서 되살아날지 모르는데 그냥 놔둬도 되겠냐? 검을 찔러서 후환을 없애지 그래?"

　"뭐라고? 그게 사람으로서 할 도리냐?"

　이강의 말에 정영이 분노하며 몸을 돌렸다. 그러자 문주가 둘 사이를 가로막으며 냉정하게 말했다.

"이강의 말도 맞다. 하지만 지금은 다른 사람들의 안위가 더 중요하니 놔두고 가자."

"검 한번 출수하는 데 얼마나 시간이 든다고? 후후후."

이강이 계속 비아냥거렸지만 다른 사람들은 이제 그를 무시하고 앞으로 전진했다.

하지만 복도를 나아갈수록 피난민을 구할 수 있다는 생각은 점점 사라졌다. 복도 옆의 방 안이나 구석진 곳에 피를 흘린 채 쓰러져 있는 사람들이 속속 나타났던 것이다.

그들은 하나같이 혼비백산한 얼굴을 하고 숨겨 있었다.

정영이 입술을 질끈 깨물며 말했다.

"망자 하나에 이렇게 될 줄이야……."

다른 일행도 같은 심정이었다. 무공을 모르는 사람들이 미처 날뛰는 혈귀 하나에 얼마나 당할 수 있는지 강호인인 그들은 미처 깨닫지 못했던 것이다.

게다가 길이 갈라져서 망자를 피해 도망갈 수 있는 곳이면 어김없이 철창이 내려와서 도주로를 막고 있었으니……

평범한 피난민들은 속수무책으로 망자에 당할 수밖에 없었으리라.

그때 이강이 툭 말을 던졌다.

"육룡채가 풀어놓은 건 혈귀 하나지만 이미 많은 수가 감염됐다."

이번에는 정영이 화를 내지 않았다. 그의 목소리에 비웃음이 섞여 있지 않고 진지했기 때문이었다.

일행이 청면 일당을 만나고 돌아오는 사이 혈귀 하나가 날뛰면서 피난민들을 물어뜯었고, 어느새 망자로 돌변한 자들이 멀쩡한 사람들을 계속해서 공격했다. 현실을 직시한 이강의 말을 아무도 부인하지 못했다.

백노괴가 고개를 저으며 말했다.

"이래서야 얼마나 살아남아 있을지 모르겠군."

태안에서부터 피난민들을 이끌고 와서 다친 사람을 치료하던 백노괴도 이제 생존자 찾는 것을 포기하고 있었다. 사람들을 구하기 위해 맨 먼저 앞장섰던 정영과 하오문 문주마저 백노괴의 말을 반박하지 못하고 침음했다.

정영이 단호하게 말했다.

"단 한 명이라도 살아 있으면 구해야 하오."

그리고 검을 쥔 채 어둠 속으로 뚜벅뚜벅 걸어갔다.

일행은 그녀의 뒤를 따라 걸음을 옮겼지만 누구도 생존자를 찾을 거라고 기대하지 못했다.

무명도 후미에서 일행을 따라 움직였다.

그때, 맨 뒤에서 오고 있는 이강이 전음을 보냈다.

[네놈은 딴생각을 하고 있군?]

[무슨 말이오?]

[네놈이 생존자를 찾는 것은 그들 안위가 걱정돼서가 아니

라 망자가 더 불어나지 않기를 바라서가 아니냐?]

　[…산 사람이라도 살아야 하지 않겠소.]

　[그 말, 정영 년한테 한번 해보지 그래?]

　[…….]

　[진작에 알아봤다. 네놈을 껴서 새로 오대악인이라 칭해야
한다니까, 후후후. 어라? 나머지 사대악인 놈은 이미 찾아서
죽였구나? 이거, 이거. 좀 있으면 강호제일악인 자리도 위험하
겠는걸?]

　이강은 무명의 생각에서 소행자 일까지 읽어냈는지 한껏 비
웃었다.

　하지만 무명은 그 말을 무시하면서 화제를 바꿨다.

　[철창 여는 법이나 말해보시오.]

　[철창? 그건 왜?]

　[뭘 되묻지? 생존자가 없으면 철창을 열고 여기를 빠져나가
야지.]

　[글쎄. 나도 모른다.]

　[모른다고? 육룡채 일당과 한참을 말씨름했는데 고작 그거
하나 못 읽었소?]

　[그래. 철창을 열고 닫는 장치는 청면 놈 하나만 알고 있는
것 같더군.]

　[그럼 청면 생각을 읽으면 되지 않소?]

　[그게 말야, 놈이 철창 생각을 더 하지 않더라니까.]

[병신. 정작 중요한 건 몽땅 놓치는군.]

무명이 참지 못하고 욕설을 내뱉자 이강이 얼음처럼 싸늘한 목소리로 말을 이었다.

[말했지? 내 능력은 사람 머리 뚜껑을 열고 서책처럼 생각을 들여다보는 게 아니라고.]

[그럼 유도신문을 해서라도 생각을 끌어냈어야지.]

[실은 못 읽은 이유가 따로 있다.]

[변명이 많군. 당신 혓바닥은 항상 길었지.]

[네놈, 확실히 많이 달라졌군. 일단 들어봐라. 청면 놈은 다른 속셈이 있다니까.]

[그게 뭐지?]

무명은 이강이 또 무슨 핑계를 늘어놓는 거라고 생각하며 시큰둥하게 물었다. 그런데 그가 보낸 전음을 들은 순간, 경악하고 말았다.

[청면 놈의 진짜 흉계는 말야…….]

육룡채 일당은 철창으로 무명 일행을 가로막은 뒤 빠르게 건물 안을 이동했다.

청면이 신바람을 내며 소리쳤다.

"서둘러라! 좋은 구경거리 놓칠라!"

건물 벽은 기름불 하나 걸려 있지 않아서 불과 일 장 앞이 보이지 않을 만큼 어두웠다. 그러나 청면, 당랑귀녀, 그리고 십여 명의 육룡채 일당은 조금도 속도를 줄이지 않으며 모퉁이를 돌고 계단을 오르락내리락했다.

타타타탓!

미로처럼 복잡한 육룡채 건물도 그들에게는 안방이나 마찬가지였다.

이윽고 청면이 걸음을 멈췄다. 그가 복도 모퉁이로 고개를 내밀어서 길을 막은 철창을 확인한 다음 말했다.

"다 왔다! 모두 숨도 쉬지 말고 조용히 해!"

"침음하라고? 왜 그래야 되지?"

육룡채 일당 중 하나가 물었다.

"네놈들이 떠들면 사람들이 도망치니까 그렇지."

"아하, 바로 앞에서 망자가 사람들을 뜯어 먹는 걸 지켜보자는 거군?"

"그래, 그래, 바로 그거야, 히히히히!"

시끄럽게 웃던 청면이 입을 꾹 다물며 복도 모퉁이를 돌았다.

"쉿! 지금부터 말하면 그 입 찢어버린다."

"……."

청면은 딱히 육룡채 일당의 두목은 아니었다.

하지만 아무도 그의 말에 반박하지 않고 입을 다물었다. 청면은 한다면 하는 성정이었다. 괜히 비위를 거슬리게 했다가는 정말로 입이 찢어질 수 있었다.

그때였다.

"으아악! 사람 살려!"

철창 너머에서 피난민 중 하나로 보이는 중년인이 정신없이 달려왔다. 그러다가 복도 한가운데를 가로막은 철창을 미처 보지 못한 채 머리를 박고 말았다. 쿠웅! 철창에 부딪친 중년인은 바닥에 나동그라졌다.

"크윽! 이게 뭐야?"

그가 손을 휘젓다가 길을 막은 철창을 발견했다.

그러는 사이 철창 너머의 어둠 속에서 숨죽인 채 중년인을 바라보는 육룡채 일당은 터져 나오는 웃음을 참느라 얼굴이 일그러지고 있었다.

갑자기 중년인의 뒤에서 그림자 하나가 달려들어 그의 등에 올라탔다.

키에에엑!

망자였다.

"으아악! 누가 좀 도와… 아아악!"

콰드득! 망자가 입을 벌려 목덜미를 깨물었다. 그것도 모자라 망자는 두 손을 마구 휘두르며 중년인의 눈알과 얼굴 살을 할퀴고 후벼 팠다.

"아아아악……."

중년인은 목덜미와 얼굴에서 피를 철철 흘리면서 천천히 쓰러졌다. 계속해서 망자가 물고 할퀴었지만 그는 전신을 몇 번

꿈틀거리는가 싶더니 곧 움직임을 멈췄다.

중년인의 목숨이 끊어진 뒤에도 망자는 한참 동안 그를 물어뜯었다. 그러다가 어둠 속에서 도망치는 사람들의 발소리가 들렸다.

키에에엑!

망자는 몸을 일으킨 뒤 다시 먹잇감을 찾아 어둠 속으로 달려갔다.

곧 철창 너머에서 박수와 환호성이 터져나왔다.

짝짝짝짝!

"와아아! 끝내주는구나!"

"정말 대단한데? 청면, 망자 구경이 이렇게 재미있는 거였냐?"

"당연하지! 내 말 듣길 잘했지?"

"그래! 내가 오마분시를 몇 번 봤는데 이건 백배는 더 재밌군, 크크크!"

오마분시(五馬分屍). 죄인의 머리와 사지를 다섯 마리의 말에 묶은 뒤 말을 달리게 해서 사지를 찢어버리는 형벌.

중원에서 가장 끔찍하다는 형벌인 오마분시보다 눈앞의 광경을 즐기며 신을 내는 육룡채 일당이 더욱 잔인하다는 것은 두말할 필요가 없었다.

일당 중 하나가 소리쳤다.

"철창 치고 망자를 풀어놓은 게 이걸 구경하기 위해서

였군!"

그런데 청면이 검지를 좌우로 까딱거리며 말했다.

"아니, 아니. 진짜 구경거리는 지금부터 시작이야."

"뭐야? 뭐가 또 있는데 그래?"

"입 닥치고 보고 있어."

그때, 철창 너머에서 쓰러져 있던 중년인이 갑자기 고개를 홱 치켜들었다.

청면이 손뼉을 치며 외쳤다.

"바로 이거야! 이걸 보고 싶었다고! 히히히히!"

망자에 물어뜯겨서 숨이 끊어졌던 중년인이 고개를 홱 치켜들더니 천천히 몸을 일으켰다.

덜컥, 덜컥, 덜컥.

그가 몸을 괴이하게 비트는 바람에 뼈마디에서 기분 나쁜 소리가 들렸다.

이윽고 새로 망자가 된 중년인이 입을 쩌억 벌리며 포효했다.

키에에엑!

망자가 고개를 돌리더니 육룡채 일당에게 달려들었다. 하지만 그들 사이는 철창으로 가로막혀 있어서 망자의 접근은 불가능했다.

그럼에도 망자는 철창 사이로 두 손을 뻗어 미친 듯이 휘저었다. 콰창, 콰창! 키에엑!

짝짝짝짝!

청면이 눈앞의 망자를 보며 미친 듯이 박수를 쳤다.

"이걸 보고 싶었다니까! 어때? 대단하지?"

"……."

그러나 다른 육룡채 일당은 입을 굳게 다문 채 눈앞의 광경에 경악하느라 아무 말도 꺼내지 못했다.

코앞에서 사람이 죽어도 눈 하나 꿈쩍하지 않는 육룡채의 흑도인들. 그런 그들도 일단 죽은 사람이 망자로 되살아나는 장면을 목격하자 알 수 없는 두려움에 사로잡혀 기세가 한풀 꺾였던 것이다.

반면 청면은 신바람을 내며 날뛰었다.

"왜들 그래? 천금을 주고도 못 볼 구경 아니냐?"

"…그래. 정말 끝내주는데."

"으응, 확실히 대단하긴 하네……."

흑도인들의 목소리가 지금까지와는 달리 힘이 빠져 있었다.

청면이 망자를 검지로 가리키며 말했다.

"모두 봐라! 이놈은 혼백을 잃고 혈귀가 됐지만 망자라고 해서 다 괴물이 되는 건 아냐."

"그걸 어떻게 알지?"

흑도인 중에 한쪽 눈을 안대로 가려서 애꾸인 남자가 대꾸했다.

"태안에 갔을 때 소문을 들었지. 제대로 망자가 되기만 하면 겉모습은 산 사람과 전혀 구분이 안 된대. 게다가 목이 베여도 죽지 않고. 어때, 입맛이 당기지 않냐?"

"그래서, 네가 망자를 잡아 온 건 혈귀인가 뭔가가 되지 않고 진짜 망자가 되기 위해서다, 이런 거냐?"

"오호, 맞아! 역시 네놈은 머리가 잘 굴러간단 말야!"

"휴우, 어지간히 좀 해라."

애꾸남이 기가 막히는지 한숨을 쉬며 말했다.

"태안에서 본 만련영생교 놈 때문이냐? 만련영생교의 신도가 되어 망자가 되면 영생을 한다고 지껄이던데, 시답잖은 헛소리에 단단히 빠졌군."

"아니. 만련영생교와는 상관없어."

청면이 검지를 까닥이면서 고개를 흔들더니 말했다.

"우리 육룡채가 망자가 되어 중원을 지배하는 거다."

"뭐라고?"

애꾸남은 물론 다른 흑도인들도 어이없다는 듯 고개를 절레절레 저었다.

하지만 청면의 눈빛이 샛별처럼 반짝이는 것으로 보아 그가 진지하게 얘기하고 있다는 것을 흑도인들은 곧 알아차렸다.

"너, 진심이냐?"

"당연하지."

어느새 청면의 얼굴에서 웃음기가 싹 사라져 있었다.

육룡채 일당은 침을 꿀꺽 삼켰다.

청면은 정신병자처럼 웃음을 흘릴 때도 무슨 짓을 저지를지 모르는 위험천만한 인물이었다. 그러나 웃지 않을 때는 더욱 위험했다. 그가 뒤집어쓴 인피면구의 입가가 일자로 굳게 펴지면 흑도인들은 슬그머니 자리를 피하곤 했던 것이다.

청면이 일당을 좌우로 둘러보며 말했다.

"망자 되기 싫은 놈 있으면 지금 말해."

"······."

복도는 바늘 떨어지는 소리도 들릴 만큼 조용해졌다.

일당이 눈알을 굴리며 서로 눈치를 보고 있을 때, 애꾸눈 남자가 손을 들며 나섰다.

"나는 빠지겠다."

"빠진다고?"

"그래. 이건 너무 심하지 않냐? 망자가 되는 건 죽는다는 말인데······."

순간, 청면의 신형이 사라지는가 싶더니 애꾸눈 남자의 바로 앞에 나타났다.

청면이 손날로 남자의 복부를 찔렀다. 푹! 손날은 마치 잘 벼려진 검처럼 남자의 뱃가죽을 뚫고 내부로 파고들었다.

"크헉······!"

"어차피 죽을 거면서 뭘 그렇게 엄살을 부리냐?"

청면이 깊숙이 넣은 손을 확 잡아 뺐다. 후두둑. 남자의 배

속에서 검붉은 물체들이 삐져나와 좌르르 쏟아졌다. 남자는 시뻘겋게 충혈된 눈으로 청면을 잠시 노려보다가 입에서 한 모금의 선혈을 토한 뒤 바닥에 쓰러졌다.

"히히히! 요란하게도 죽네. 다음은 또 누구?"

"……!"

쓰러진 애꾸눈 남자를 경악하며 바라보던 흑도인들이 재빨리 세 걸음을 물러나며 각자 병장기를 꺼내 들었다.

"헤에, 다들 그렇게 나오시겠다? 좋아, 그럼……."

청면의 입가가 재차 굳게 일자로 다물어질 때였다.

써억!

한 줄기 검광이 청면을 목을 가로지르며 번쩍였다.

"뭐, 뭐야……."

목에 뜨끔한 기분을 느낀 청면이 무심결에 고개를 숙이는 찰나, 깨끗하게 베어진 그의 목이 앞으로 기우뚱거리다가 어느 순간 몸통에서 떨어졌다.

미끄덩!

청면의 목이 인피면구를 쓴 채 바닥에 떨어져 나뒹굴었다. 툭! 이어서 졸지에 머리를 잃어버린 몸뚱이도 털퍼덕 쓰러져 버렸다.

그러자 청면의 뒤에서 목을 벤 자의 모습이 정체를 드러냈다.

긴 머리에 백의를 걸친 여자. 바로 당랑귀녀였다.

잠시 멍한 눈으로 청면의 시신과 당랑귀녀를 번갈아 보던 육룡채 일당이 곧 가슴을 쓸어내리며 한숨을 쉬었다.

당랑귀녀가 청면의 목을 내려다보며 카랑카랑한 목소리로 말했다.

"모두 망자가 되자고? 뒈지고 싶으면 혼자 뒈져라."

이어서 그녀가 고개를 들어 일당을 봤다.

"안 그래?"

그런데 흑도인들이 이상한 표정을 지은 채 아무 대답도 하지 않는 것이었다.

"뭐야? 청면 놈 죽인 게 불만이야?"

쉬익! 당랑귀녀가 흑도인 중 하나에게 검을 겨눴다.

"너, 불만 있어?"

"아니, 그게 아니라……."

흑도인의 얼굴이 순식간에 핏기가 싹 가셔서 새하얗게 변했다. 그가 천천히 검지를 들어 당랑귀녀의 등 뒤를 가리켰다.

"당랑귀녀, 뒤를 좀……."

"뭔데 그래?"

당랑귀녀가 신경질을 내며 고개를 돌렸다.

순간, 그녀가 두 눈을 크게 뜨며 동작을 멈췄다. 바닥에 쓰러졌던 청면의 몸뚱이가 언제 일어났는지 꼿꼿이 서 있는 것이 아닌가?

"뭐……."

머릿속이 새하얗게 된 당랑귀녀가 멍하니 몸뚱이를 쳐다볼 때였다. 갑자기 몸뚱이가 두 팔을 활짝 펼치고 정면을 향해 뛰어들었다.

당랑귀녀가 반사적으로 몸을 돌리며 몸뚱이를 피했다. 그러자 그녀를 지나쳐서 계속 뛰어가던 몸뚱이가 멍청히 서 있던 흑도인 중 하나를 두 팔로 와락 껴안았다.

그때였다.

"히히히, 실은 하나 얘기 안 한 게 있지."

바닥에 떨어진 청면의 목이 두 눈을 위로 치켜뜨서 흑도인들을 보며 웃고 있었다.

"태안에서 난 이미 망자가 되었다고. 이게 정말 얼마나 좋은지 몰라!"

웬만큼 기이한 악행에는 눈 하나 깜빡하지 않는 육룡채의 흑도인들. 그러나 한여름에도 등줄기에 소름이 돋는 눈앞의 장면에는 입을 딱 벌린 채 경악하고 말았다.

쐐애애액! 잘린 목 단면에서 혈선충 다발이 쏟아져 나왔다.

몸뚱이는 흑도인을 꽉 붙든 채 목을 그의 얼굴로 들이밀었다. 흑도인의 얼굴은 순식간에 꿈틀거리는 혈선충으로 뒤덮였다.

"으아아악……."

흑도인이 마구 팔을 흔들며 몸뚱이를 치고 때렸지만, 몸뚱이의 두 팔은 절대 그를 놓지 않았다.

"놀랄 것 없어. 너도 곧 망자가 될 테니까. 뭐, 혈귀가 될지도 모르지만 그건 천운에 달린 것 아니겠어? 히히, 히히, 히히 히히!"

청면의 목이 웃는 소리가 어두컴컴한 건물 안에서 메아리가 되어 울려 퍼졌다.

일행이 생존자를 찾아 어두운 복도를 전진하고 있을 때, 이강은 충격적인 사실을 무명에게 전음으로 보내고 있었다.

[청면 놈의 진짜 흉계는 육룡채 흑도인 놈들을 몽땅 망자로 만드는 거다.]

[뭐라고?]

무명은 하마터면 전음이 아니라 육성으로 소리칠 뻔했다.

[말도 안 되는 소리. 흑도인을 망자로 만들어서 무엇을 하겠다고?]

[놈은 육룡채를 망자 소굴로 만들어서 도성을 집어삼킬 생각이다.]

어느새 이강의 목소리가 싸늘하게 식어 있었다. 그가 진지하다는 뜻이었다.

[도성을 차지하는 이유는 하나다. 우선 황궁을 자기 것으로 만들고, 그다음에는 중원을 지배할 속셈이지.]

[그야말로 미친 자만이 생각할 수 있는 개소리군.]

[몰랐냐? 청면은 진짜 미친놈이야.]

그 말에 무명은 잠시 말문이 막혔다. 철창을 사이에 두고 잠깐 마주친 것뿐이었으나 청면이 다른 흑도인들과는 비교도 안 될 만큼 성정이 괴이하다는 것을 충분히 느꼈기 때문이었다.

[고작 수십 명, 아니, 몽땅 모아봤자 일이백 명에 불과한 육룡채 놈들을 망자로 만들었다고 해서 황궁을 집어삼키기는 불가능하지.]

[…….]

[청면 놈이 진짜로 원하는 건 망자를 조종하는 명령자가 되는 거다. 그냥 명령자가 아니라 명령자 중에서도 맨 꼭대기에 있는 최고 명령자. 그래야 중원의 망자를 몽땅 자기 마음대로 부릴 수 있으니까.]

[그자가 어떻게 명령자에 대해서 알고 있는 거요?]

[모른다.]

[또 모른다고?]

[그래. 철창 장치가 있는 곳도 그렇고, 놈의 생각을 읽고 있는데 도중에 흐름이 끊어졌어. 어느 순간 청면 놈 생각이 또렷하게 들리다가도 흐리멍덩해지면서 종잡을 수 없었다.]

[그 말은…….]

무명은 차마 상상하기 힘든 일이 벌어졌다는 것을 깨달

왔다.

곧 무명과 이강이 동시에 서로에게 전음을 보냈다.

[청면이 그때 막 망자가 되었다는 말이군.]

[청면 놈이 그때 망자가 됐다는 소리지.]

무명은 그제야 이강이 왜 청면에게서 철창을 올리는 법을 읽어내지 못했는지 알 수 있었다.

청면은 일부러 그랬는지 아니면 운이 나빴는지는 모르나 태안에서 이미 혈선충에 감염된 상태였다. 혈선충은 시간을 두고 그의 몸속을 이동하며 뇌를 잠식해 들어갔고, 하필 무명 일행과 만나고 있는 동안 그를 완전히 지배해서 망자로 만들었던 것이다.

[알았냐? 철창 여는 법을 알아내지 못한 건 그만 타박해라.]

[그래도 가장 먼저 그걸 알아냈어야 했소.]

[그건 내 실수가 맞다. 더 변명은 안 하마, 후후후.]

이강이 냉랭하게 웃더니 말을 이었다.

[지금 문제는 피난민들이 아냐. 청면이 육룡채 놈들을 망자로 만드는 작업을 이미 착수했을지도 모른다.]

[…놈들이 혈귀가 아니라 구자개 같은 망자로 변한다면 정말 위험해지겠군.]

[철창쯤은 문제도 아니게 되지.]

[그렇군.]

[망자에게 물리거나 감염돼서 혈귀가 되는 것은 진행이 굉

장히 빠르다. 반면 명령자가 되는 것은 사람마다 차이가 있는 것 같아. 그런데 말야, 우리는 육룡채의 십분지 일도 다 돌아다니지 못했다.]

[이곳에서 망자가 창궐한다면 숫자가 수백을 훌쩍 넘을 거란 뜻이군.]

[역시 네놈 계산은 전광석화라니까. 혈귀가 들이닥치기까지는 얼마나 걸릴 것 같냐?]

[얼마 안 남았소. 밥 한 끼 먹을 시간 정도?]

[그때까지 철창을 열든가 아니면 죽든가군, 후후후.]

무명은 이강의 웃음소리를 듣고 오싹 소름이 돋았다.

사방이 트인 주작호에서도 엄청난 수의 망자 떼와 마주하자 도주하는 게 쉽지 않았다. 하물며 수많은 건물이 미로처럼 복잡하게 얽힌 육룡채에서라면? 게다가 몇 안 되는 탈출로에 청면이 내린 철창이 길을 막고 있다면?

육룡채는 어두운 공간 어디에서 망자가 튀어나올지 모르는 생지옥이 되리라.

무명이 물었다.

[철창을 열 방법은 전혀 모르겠소?]

[육룡채는 황궁 아래에 있는 지하 감옥처럼 기관진식이 즐비하지는 않아.]

[그 말은?]

[그냥 곳곳에 손잡이 같은 장치가 있을 거다. 찾으면 도망치

는 거고, 못 찾으면 죽는 거지.]

[단순해서 좋군.]

무명이 쓴웃음을 지을 때였다.

앞에서 이동하던 총관이 갑자기 걸음을 멈춰 섰다.

"무슨 일이오?"

"그게……."

총관은 바로 대답하지 못하고 침을 꿀꺽 삼키면서 검지로 앞을 가리켰다.

시선을 돌린 무명의 얼굴에서 그나마 남아 있던 웃음기가 싹 사라졌다. 일행의 선두에서 이동하던 정영과 하오문 문주의 앞에 지금까지 본 것 중에서 가장 거대한 철창이 내려와 길을 막고 있었다.

철창 너머로는 복도가 두 갈래로 나눠지고 있었고, 옆에는 위아래로 연결되는 계단이 있었다. 그러나 육룡채의 다른 건물로 옮겨 갈 수 있는 갈림길은 어김없이 철창으로 막혀 있었던 것이다.

이제 일행은 지금까지 지나쳐 온 길을 빼면 다른 곳으로 이동할 방법이 사라진 셈이었다.

그야말로 독 안에 든 쥐.

그때, 이강이 냉랭한 목소리로 말했다.

"서생 놈, 계산이 틀렸다. 밥 한 끼 먹을 시간? 아직 차 한 잔 마실 시간도 안 지났는데 시작했다."

무명이 무슨 뜻인지 되물으려고 할 때였다.

일행이 지나온 복도의 어둠 속에서 시뻘건 눈빛들이 점점이 떠올랐다.

총관이 가리킨 곳은 철창이 내려와 있어서 더는 전진할 수 없었다.

그런데 일행이 막다른 길에 다다랐을 때, 복도 후미에서 시뻘건 눈빛들이 나타났다.

이강이 그답지 않게 차디찬 목소리로 말했다.

"차 한 잔 마실 시간도 안 됐는데 시작했군."

무명과 이강의 전음 대화를 듣지 못한 일행.

하지만 그들도 이강의 말이 무슨 뜻인지 대번에 알아차렸다. 망자에게 당한 피난민들이 같은 망자로 탈바꿈하기 시작한 것이었다.

그러는 중에도 시뻘건 눈빛이 계속해서 쌍쌍이 떠올랐다.

모두 네 쌍. 어둠 속에 네 명의 혈귀가 있었다.

총관이 덜덜 떠는 목소리로 외쳤다.

"마, 망자다! 망자가 나타났다아!"

키에에엑!

네 명의 망자가 어둠 속에서 뛰쳐나와 목소리가 들린 곳, 즉 총관을 향해 덤벼들었다.

순간, 두 줄기의 검광이 허공에 번쩍였다.

쉬이익!

두 개의 검광 중 하나는 정영의 척사검, 하나는 하오문 문주의 사슬검이었다. 선두에 있던 정영과 하오문 문주가 어느새 망자를 향해 검을 출수한 것이었다.

두 남녀의 검이 각각 망자의 목덜미를 관통했다.

끄어억……

망자들이 목구멍 깊숙한 곳에서 비명을 토했다.

그러나 두 망자의 최후는 조금 달랐다.

정영의 검에 목을 찔린 망자는 전신을 한 차례 부르르 떨더니 바닥에 쓰러져서 다시 일어나지 못한 반면, 문주에게 당한 망자는 사슬검이 목을 꿰고 있음에도 불구하고 두 팔을 휘저으며 계속 달려들었던 것이다.

문주가 한숨을 쉬며 중얼거렸다.

"신기하군. 저 가는 검날로 일검에 망자의 숨통을 끊는다고?"

그가 고개를 절레절레 저을 때 정영은 이미 두 번째 망자를 찔러서 쓰러뜨리고 있었다.

그러자 사슬검에 꿰였지만 죽지 않은 망자는 물론 마지막 한 명 남은 망자까지 하오문 문주를 노리고 덤볐다.

키에에엑!

"네놈들까지 날 무시하냐?"

문주가 손을 튕겨서 사슬검을 회수하는가 싶더니 기이하게 손목을 돌렸다. 그러자 망자의 목에서 뽑힌 사슬검이 공중에서 크게 원을 그리며 세 바퀴를 회전했다.

펑펑피이잉!

퉁! 두 망자의 목이 동시에 허공으로 떠올랐다. 풍차처럼 회전하는 사슬검이 강맹한 기세로 목을 베어버렸던 것이다.

문주는 그것으로 모자랐는지 팔을 갈지자로 휘저었다. 그러자 이번에는 사슬이 머리가 날아간 두 망자의 목 부근에 수직으로 반원을 내리긋는 것이었다. 차차차착!

인정사정 보지 않는 난도질.

사슬검에 난자당한 두 망자의 몸뚱이는 혈선충 심맥이 갈라졌는지 속절없이 뒤로 넘어가 버렸다. 콰당탕.

문주가 시큰둥하게 말했다.

"이렇게 싸우다가는 금세 칼 이가 빠지겠지만 식칼이야 많이 있으니까."

일행을 덮친 망자 네 명의 공격은 정영과 문주의 활약에 가볍게 제압되었다.

그러나 안심하기에는 일렀다. 사방에 펼쳐진 어둠 속에서 망자들의 거친 숨소리와 사지를 축 늘어뜨린 채 걷는 발소리가 들려왔던 것이다.

터벅, 터벅, 터벅.

키에에엑……

망자들은 구천지하를 정처 없이 떠도는 혼귀처럼 어둠 속을 배회하고 있을 테지만 산 사람의 기척을 느끼는 순간, 피에 굶주린 혈귀로 돌변해서 공격해 오리라.

정영이 고개를 돌려 무명을 쳐다보며 물었다.

"무명, 이제 어떻게 하면 좋겠소?"

"……."

실질적인 잠행조 조장으로서 황궁 밑 지하 도시는 물론 숱한 위기에서 일행을 이끌고 위기를 탈출했던 무명.

그러나 이번만큼은 정영이 방법을 물어도 대답할 수 없었다.

철창으로 사방이 막힌 공간. 암호를 풀 기관진식은커녕 미로를 방불케 하는 육룡채 건물의 탈출로조차 짐작하지 못하고 있는 형편이 아닌가?

게다가 일행이 내부로 깊숙이 들어와서인지 건물 벽에는 창문 하나 보이지 않았다.

깊은 바다에 빠지면 가장 먼저 빛 줄기를 찾아야 한다. 빛이 보이는 방향이 위쪽이니까. 만약 빛이 없는 어두운 바다라면 위아래의 구분을 잃고 허우적거리다가 익사하고 마는 것이다.

지금 상황이 바로 그랬다.

수면 위로 올라갈 수 없는 심해. 피에 굶주린 상어 떼가 몰려오기 직전.

무명이 한 가지 가능성을 생각하고 말했다.

"벽을 뚫읍시다."

그 말에 총관이 어이없다는 투로 고개를 저었다.

"망자가 오고 있는데 벽을 뚫자고? 어느 세월에 말이오?"

"길은 철창이 막고 있으니 벽을 뚫는 것 말고는 방법이 없소."

총관이 부정적으로 말했으나 무명은 담담하게 대답했다. 하지만 그 방법은 문신사의 말 한마디에 시도조차 할 수 없었다.

"그건 무리다."

"왜요?"

"벽 속에 아마 철판이 들어 있을 거다. 육룡채의 철창 감옥을 말했던 흑도인 놈에게 들은 얘기다. 철창으로 일부 구역을 통째로 막는 것은 물론, 벽에도 철판을 넣어서 절대 도망칠 수 없도록 재건축했다고 들었다."

"그것 보시오! 벽을 뚫고 도망치자니, 세상에 그런 허황된 말이 어디 있소!"

총관이 길길이 날뛰며 소리쳤다. 엄습해 오는 공포감에 이성을 잃기 시작한 것이었다.

무명은 눈썹 한 번 찡그리지 않은 채 나직하게 말을 이었다.

"그럼 바닥을 뚫읍시다. 백노괴, 바닥에도 철판이 있다고 들었소?"

"그런 말은 못 들었다."

무명의 말에 산전수전 다 겪은 백노괴도 살짝 놀란 얼굴로 대답했다.

건물이나 감옥 안에 갇혔을 때 벽을 뚫고 도주하는 것은 누구나 생각해 봄 직한 방법이다. 하지만 바닥을 뚫는 것은 일견 평범하지만 쉽게 머릿속에 떠오르지 않았기 때문이다.

그러나 총관은 비아냥대기를 멈추지 않았다.

"벽을 뚫자고 하더니 이번에는 바닥이오? 차라리 천장을 뚫자고 하지!"

"천장보다는 바닥이 쉽소."

"왜?"

"천장은 도구를 위로 올리면서 힘을 써야 하지만 바닥은 몸무게를 이용해서 팔 수 있기 때문에 훨씬 쉽게 뚫을 수 있소."

"그건 그렇군……."

무명의 말이 사리에 어긋남이 전혀 없자 총관은 멈칫하며 말을 삼키고 말았다.

하지만 지금 방법이 비책이 되지 못한다는 것은 무명 자신이 잘 알고 있었다.

일행이 지닌 병장기는 정영의 척사검과 하오문 문주의 사슬검이 전부였다. 하다못해 삽이나 곡괭이 한 자루 없는 판에 단단한 바닥을 뚫는다는 것은 미봉책도 되지 못했다.

그런데 그나마 시도할 틈도 없었다.

키에에엑!

복도가 옆으로 꺾어지는 곳에서 망자들의 소리가 점점 가깝게 들려왔기 때문이다.

"일단 자리를 피하는 게 좋겠군."

하오문 문주의 말에 다른 일행 모두 고개를 끄덕였다. 그리고 몸을 돌려서 반대편 복도로 이동하기 시작했다.

총관은 이제 진영 한가운데 있지 않고 맨 앞으로 먼저 뛰어나갔다.

그런데 일행이 복도 모퉁이를 돌았을 때, 갑자기 망자 하나가 달려들었다.

"비키시오!"

정영이 총관 앞으로 몸을 날리며 검을 출수했다. 슈웃! 다행히 총관이 공격당하기 전에 그녀는 망자를 일검에 처치하는 데 성공했다.

문제는 쓰러진 망자의 정체였다.

소소가 검지로 망자를 가리키며 소리쳤다.

"이 사람, 아까 죽어 있던 사람이야!"

그녀의 말이 맞았다. 눈앞의 망자는 일행이 건물을 헤매던 중에 목격했던 피난민이었다. 두 손으로 철창을 부여잡은 채 숨이 끊어져 있던 피난민이 어느새 혈귀가 되어서 일행의 앞에 나타난 것이었다.

육룡채의 망자화가 생각보다 빨리 진행되고 있다는 증거였다.

이강도 그걸 깨달았는지 심각한 목소리로 물었다.

"총관 놈 말이 맞다. 바닥을 뚫기 전에 망자가 열 번은 더 들이닥칠걸?"

"아무것도 안 하고 죽기를 기다리는 것보다는 낫소."

"다른 방법은 정말 없냐?"

무명은 잠깐 시간을 둔 뒤 일행 모두에게 말했다.

"지금부터 일행을 셋으로 나누겠소."

"갑자기 왜?"

정영이 영문을 몰라서 묻자 무명이 설명했다.

"각자 흩어져서 갈림길을 막고 있는 철창을 조사하시오. 잘 하면 철창을 들어 올릴 장치를 발견할 수 있을지 모르오."

"좋은 생각이오. 해봅시다."

정영이 고개를 끄덕이며 대답했다.

실은 지금 생각은 당랑귀녀의 말을 떠올리고 즉석에서 짠 작전이었다. 당랑귀녀가 말하길 철창은 기관진식이 아니라 그냥 감옥의 벽이라고 했으니, 철창 너머에 장치가 있을지 모른다고 짐작했던 것이다.

물론 정영을 의식하여 당랑귀녀는 언급하지 않았다.

일행은 셋으로 나뉘어서 곳곳에 있는 철창을 조사하기 위해 흩어졌다.

세 개의 조는 각각 무명과 이강과 총관, 하오문 문주와 백노괴, 그리고 정영과 모녀였다. 혹시 망자가 나타나면 처리할 수 있도록 모든 조에 강호인과 무공을 모르는 이들이 섞이도록 조치했다.

무명 조는 가장 멀리 떨어진 곳의 철창을 조사하기 위해 어둠 속으로 들어갔다.

총관은 잔뜩 겁에 질렸는지 한참 뒤에 떨어져서 따라왔다.

이강이 눈썹을 찡그리며 말했다.

"철창 너머에 장치가 있다고? 육룡채 감옥이 그렇게 허술할까?"

"내 생각은 다 알 텐데 무슨 불만이지? 우리는 지금 짚 더미에서 바늘이라도 찾아야 할 형편이오."

"그건 알고 있다."

"오히려 내 쪽이 불만이오. 육룡채를 안방처럼 말하더니 정작 아는 곳은 별로 없군."

"그래. 눈알이 없어지기 전에 구석구석 돌아다니지 못한 내 잘못이다, 후후후."

둘의 대화는 신경이 날카롭게 곤두서 있으면서도 내용은 담담하기 그지없어서 목숨의 위기에 처한 자들의 얘기 같지 않았다.

무명과 이강이 한창 독설을 주고받을 때였다.

뒤에 한참 떨어져서 둘을 따라가던 총관이 고개를 갸웃거리며 발을 멈췄다.

"저게 뭐지?"

철창 너머의 벽에 어른 손바닥 길이만큼의 나뭇조각이 삐죽 빠져나와 있었다.

나뭇조각은 벌레가 먹고 썩어 들어가서 색깔이 벽과 전혀 구별되지 않았다. 때문에 세심한 무명도 미처 발견하지 못하고 지나쳤던 것이다. 이강은 두 눈이 없으니 말할 것도 없었다.

사정이 그러니 총관이 나뭇조각을 발견한 것은 그야말로 천운이었다.

그가 무엇에 홀린 듯이 철창 사이로 손을 뻗어서 나뭇조각을 위로 올렸다. 순간, 사방의 벽이 덜덜거리는가 싶더니 철창이 천천히 위로 올라갔다.

스르르륵.

앞을 가로막던 장애물이 사라지자 총관은 멍하니 있다가 성큼 걸어서 철창이 있던 자리 너머로 건너갔다. 그리고 고개를 돌려 뒤를 봤다.

일행은 그가 철창을 연 사실을 모르고 있었다.

총관이 무슨 생각을 하는지 잠시 자리에 우두커니 서 있을 때였다.

"앗! 저기 철창이 열렸다!"

소소가 총관 쪽을 가리키며 소리쳤다. 정영과 모녀는 마침 철창 조사를 끝내고 일행에 합류하기 위해 돌아오던 중이었는데, 소소가 맨 먼저 총관을 발견했던 것이다.

멀리 떨어져 있던 일행이 모두 소소의 목소리를 듣고 고개를 돌렸다.

순간, 총관이 입을 굳게 다물며 나뭇조각을 잡았다.

이강이 총관의 머릿속을 읽었는지 소리쳤다.

"총관 놈을 잡아!"

그가 외치기 무섭게 무명과 하오문 문주가 총관을 향해 몸을 날렸다.

그러나 총관은 이미 나뭇조각을 아래로 내린 뒤였다.

올라갈 때는 느릿느릿 움직이던 철창이 내려올 때는 쏜살처럼 빠른 속도로 떨어졌다.

쿠르르르… 철컹!

무명과 문주가 채 일 장 가까이 접근하기도 전에 철창은 길을 가로막고 말았다. 둘은 급히 달리던 기세를 멈춰서 가까스로 철창에 충돌하는 것을 피할 수 있었다.

그런데 이강이 재차 외치는 것이었다.

"놈을 막아!"

이번에는 무명도 그가 무슨 말을 하는지 몰라서 멈칫했다.

하지만 하오문 문주는 소매 속에서 사슬검을 빼낸 다음 빠르게 출수했다. 그의 손놀림이 어찌나 빠르고 반사적이었던지 이강의 말과 거의 동시에 이루어진 것 같았다.

사슬검이 철창 격자 사이를 통과해서 나뭇조각을 휘어 감았다.

촤르르르!

그러나 늦었다.

총관이 나뭇조각을 두 손으로 잡은 뒤 있는 힘을 다해 분질러 버렸던 것이다.

빠직!

문주가 손목을 튕겨서 사슬검을 회수했지만 함께 따라온 것은 뿌리까지 뽑혀서 이제는 쓸모없어진 나뭇조각뿐이었다.

총관이 잔뜩 겁을 집어먹은 얼굴로 문주를 쳐다보다가 슬슬 눈길을 피해 고개를 돌렸다. 이윽고 그는 몸을 돌려서 철창 너머의 어둠 속으로 도망쳤다.

하오문 문주가 총관의 등을 노리고 사슬검을 치켜들었다.

…하지만 곧 그는 욕설을 내뱉으며 손을 내렸다.

"빌어먹을."

천신만고 끝에 발견한 구명줄.

그러나 자기 혼자만 살려고 든 한 명 때문에 나머지 모든 사람이 구명줄을 놓치고 만 것이었다.

곧 총관을 제외한 일행이 모두 철창 앞에 모였다.

철컹, 철컹! 정영이 두 손으로 철창을 붙잡고 마구 흔들면서 소리쳤다.

"대체 왜? 왜!"

하지만 철창은 앞뒤로 흔들리며 철그럭거릴 뿐, 위아래는 조금도 움직이지 않았다. 설령 소림승 진문이라고 해도 단 세

치도 들어 올리지 못할 만큼 바닥에 묵직하게 꽂혀 있었기 때문이다.

"대체 왜 그런 거냐고? 다 함께 탈출할 수 있었잖아!"

정영이 계속 분노를 터뜨리고 있을 때, 누군가가 그녀의 옷소매를 붙잡으며 말했다.

"이제 그만해."

뜻밖에도 그녀를 위로하고 나선 자는 소소였다.

이상하게도 어린 소소의 말에는 분노를 가라앉히는 힘이 담겨 있었다. 잠시 멍하니 소소를 바라보던 정영이 곧 정신을 차리고 말했다.

"간신히 찾은 탈출로를 저자가 망쳐 버렸어. 대체 왜……."

"저런 사람들은 원래 다 그래."

소소가 두 손을 허리에 짚으며 말했다.

"자기 혼자만 살고 싶었던 거지. 그러니까 당신이 화낼 필요는 없어."

"그렇다고 해도 철창을 올릴 장치를 부러뜨릴 필요는 없었잖아?"

"아니야! 계속 철창을 열어두다가 망자가 쫓아올까 봐 겁이 났던 거야. 살기 위해 가장 확실한 방법을 선택한 거지."

소소의 말은 여전히 설득력이 있어서 정영은 할 말을 잃고 그녀를 쳐다봤다.

이강이 킬킬대며 말했다.

"명문정파의 후기지수가 어린애만 못하군."

"당신도 총관이랑 마찬가지면서 무슨 소리야!"

소소가 책망하자 이강이 어깨를 으쓱하며 물었다.

"난 아무 짓도 안 했는데?"

"아냐! 당신도 속이 시커먼 흑도인이 분명해. 객잔에 손님이 엄청 많이 올 때면 내가 악당을 다 골라냈다고! 우리 아빠도 내 눈썰미가 뛰어나다고 칭찬했단 말야!"

"그 정도면 인정하지 않을 도리가 없군, 후후후."

이강은 소소가 흑도인이라 부르는 말에 오히려 제대로 맞췄다는 듯이 고개를 끄덕이며 맞장구를 치는 것이었다.

무명이 말했다.

"다른 철창도 여닫는 장치가 있을 것이오. 찾읍시다."

"좋소. 서두릅시다."

일행은 다시 세 조로 나뉘어서 장치를 찾아 나서려고 했다.

그런데 이강이 쓴웃음을 지으며 말했다.

"이미 늦었다."

그의 말이 떨어지기가 무섭게 사방의 어둠 속에서 망자들이 울부짖는 소리가 들려왔던 것이다.

키에에엑······.

시커먼 암흑 속에서 기괴한 그림자들이 꾸물꾸물거리며 일행을 향해 다가왔다.

하오문 문주가 몸을 날리며 말했다.

"이쪽으로!"

그는 어둠 속에서 순간적으로 망자의 숫자가 적은 방향을 골라낸 것이었다.

일행은 그의 뒤를 따라 달리기 시작했다. 만약 문주의 선택이 잘못되었다고 해도 돌이킬 방법은 없었다.

그때, 소소의 옆에서 망자 하나가 튀어나왔다.

"조심해!"

슈웃! 정영이 검을 날려서 망자의 목을 꿰뚫었다. 단번에 혈선충 심맥이 끊어진 망자는 그대로 바닥에 나동그라졌다.

소소는 겁먹은 표정으로 입을 꾹 다물고 있다가 망자가 다시 일어나지 못하는 것을 보고는 정영에게 엄지를 치켜세웠다. 어린아이가 엄지를 세우자 정영은 자기도 모르게 피식 웃음이 나오는 것을 멈출 수 없었다.

정영과 문주를 선두로 해서 일행은 복도를 이동했다.

둘은 복도를 달리면서 갈림길을 막고 있는 철창을 살폈다. 하지만 나오는 철창마다 족족 망자들이 근처에 있어서 가까이 다가가 철창을 열 장치를 조사할 여유가 없었다.

이강이 무명에게 재차 전음을 보냈다.

[내 이럴 줄 알았지.]

[무엇을 말이오?]

[피난민들 살린답시고 시간 끌다가 우리마저 육룡채에 갇힌 채 망자가 되게 생기지 않았냐? 진작 도망쳤으면 이런 일은

없었지.]

　[철창 장치는 피난민 중에 총관이 발견했지. 그나마 그가 없었다면 계속 헤매기만 했을 것이오.]

　[배신자 덕분에 살 길이 생겼다고? 궤변이군, 후후후.]

　그때였다.

　일행이 복도 모퉁이를 도는 순간, 육룡채의 외곽으로 나왔는지 건물 벽면에 바깥이 보이는 창이 줄을 지어 나 있었다. 창은 감옥처럼 굵은 쇠창살이 박혀 있어서 사람이 빠져나갈 수는 없었으나 햇빛만은 밝게 비치고 있었다.

　그리고 시야가 트이자 여기저기에 도사리고 있는 망자들의 모습이 눈에 확 들어왔다.

　그들의 숫자는 족히 수십이 훨씬 넘었다.

　주위가 어두워서 망자들의 수를 모르고 있었을 때는 상상력이 오히려 일행에게 두려움을 주었다. 그러나 정작 코앞에 망자들이 돌아다니고 있었다는 것을 확인하자 일행은 무심결에 침을 꿀꺽 삼켰다.

　수십 명이 넘는 망자를 목격하자 소소가 깜짝 놀라며 숨을 들이켰다.

　"히익!"

　어떤 강호인 못지않게 당찼지만 소소는 아직 아이였다.

　순간, 망자들이 일행을 향해 일제히 고개를 획 돌렸다.

　키에에엑!

이윽고 수십, 아니, 어둠 속에 도사리고 있을 수백이 넘는 망자들이 두 팔을 휘저으며 일행에게 달려들었다.

선두를 지키는 정영과 문주가 서로를 한번 쳐다보고 고개를 끄덕였다.

척! 둘은 각각 척사검과 사슬검을 치켜들었다. 어마어마한 망자들의 숫자도 두 강호인의 기세를 꺾지 못했다.

그때, 누군가가 일행에게 말했다.

"이쪽이다."

일행은 하오문 문주를 따라갔던 것처럼 목소리를 듣자 반사적으로 움직였다. 정영은 발이 느린 소소를 번쩍 안아 들고 달렸다.

그런데 이번에 일행을 이끈 자는 문주가 아니라 이강이었다. 물론 누가 길을 인도하든 망자를 피하거나 탈출로를 찾는다면 상관할 일은 아니었다.

문제는 일행이 이강을 따라 모퉁이를 몇 번 돌고 발을 멈췄을 때였다.

"이게 뭐요?"

막 소소를 내려놓던 정영이 입을 딱 벌리며 말했다.

"여기는 막다른 길이지 않소?"

그랬다. 이강이 발을 향한 곳은 삼면이 벽으로 막혀 있는 곳이었다.

철창을 열고 탈출하기는커녕 사방이 막힌 사지(死地)에 일부러 들어온 셈.

게다가 정영이 고개를 돌려 뒤를 봤으나, 일행이 지나쳐 온 길은 이미 망자들이 **빽빽**하게 몰려들어서 되돌아갈 수 없게 되어 있었다.

"대체 어쩌자는 거요?"

"뭐, 배수의 진이란 말도 있지 않냐?"

정영이 독촉하자 이강이 씨익 웃으며 말했다.

"등 뒤에 물을 두고 싸우면 도망칠 곳이 없으니 병사들이 사력을 다해 싸워서 이긴다. 못 들어봤냐?"

"뭐라고?"

"병법 말이다, 병법. 후후후."

"……"

이강의 말이 너무 어처구니없자 정영은 화도 내지 못했다.

그러는 중에도 망자들은 저 멀리 어둠 속에서 접근해 왔다. 숫자가 너무 많은 탓에 서로 밀치고 부딪쳐서 넘어지느라 망자들이 달려드는 속도가 줄어든 게 다행이라면 다행이었다.

그때, 이강이 냉랭한 목소리로 말했다.

"바닥을 살펴라."

정영은 또 무슨 헛소리를 하는가 싶어서 이강을 노려봤다.

그러나 이강의 말이 끝나기도 전에 몸을 엎드리고 바닥을 살피는 자들이 있었다. 바로 무명과 하오문 문주였다.

갑자기 무명이 주먹을 들어 막다른 벽의 귀퉁이를 세게 내려쳤다.

터엉! 돌로 된 바닥을 쳤는데 텅 빈 북을 두드리는 듯한 소리가 났다.

"찾았소!"

무명이 두 손을 휘저어서 바닥에 잔뜩 쌓여 있는 흙먼지를 제거했다. 그러자 바닥에 희미하게 입 구(口) 자 모양의 금이 나 있는 것이 아닌가?

순간, 바닥이 덜덜 떨리는가 싶더니 입 구 자를 둘러싼 네 개의 금이 벌어졌다. 쩌억! 이어서 네모난 모양의 돌판이 바닥 아래로 쑥 내려가 버렸다.

어른 한 명이 충분히 빠져나갈 크기의 구멍.

바로 육룡채의 비밀 통로였다.

이강이 킬킬대며 말했다.

"옛말에 하늘이 무너져도 도망칠 구멍은 남겨두라고 했지. 아니, 이건 병법은 아닌가? 아무럼 어때, 후후후."

그는 비밀 통로를 열고 있는 누군가의 생각을 읽은 뒤 일행을 그곳으로 이끈 것이었다. 무명과 하오문 문주가 지체 없이 바닥을 살핀 까닭도 그런 이강의 능력을 잘 알고 있어서였다.

이윽고 통로 밑의 어둠 속에서 누군가가 머리를 쑥 내밀며 말했다.

"서생님, 거기 계신가요?"

부잣집에서 평생 귀하게 큰 따님처럼 나긋나긋한 목소리.

뜻밖에도 비밀 통로를 연 자는 강호 사대악인 중 하나이자 육룡채 일당과 함께하던 당랑귀녀였다.

그녀는 여전히 가녀린 여인의 눈빛을 하고 있었는데, 이강을 제외한 다른 일행은 대체 무슨 영문인지 몰라서 선뜻 비밀 통로로 다가가는 것이 꺼려졌다.

"서생님? 여러분?"

다들 침음하고 있자 당랑귀녀가 말했다.

"왜 그러시죠? 뒤에 망자가 오고 있어요. 서두르지 않으면 죽는답니다."

"네년이 망자보다 더 무서운가 보지, 후후후."

이강이 비웃음을 던지더니 비밀 통로로 성큼 발을 내디뎠다.

"한데 네년한테 빚을 지는 건 왠지 꺼림칙하군."

"당신 목숨 살리려고 통로를 연 건 아니니 걱정 마세요. 이번 일은 없는 셈 치죠."

"그거 고맙군."

이강은 당랑귀녀가 바닥 밑에서 몸을 비키자 아래로 몸을 던져서 내려가 버렸다.

"다음 사람? 아무도 없나요?"

"……"

일행은 서로를 한번 쳐다본 뒤 고개를 끄덕였다. 그리고 한 명씩 비밀 통로로 내려가기 시작했다.

가장 먼저 소소 모녀를 내려보낸 뒤 백노괴와 무명이 뒤를 따랐다. 정영과 하오문 문주는 모두가 안전히 내려갈 때까지 등을 돌린 채 혹시 모를 망자들의 급습을 대비했다.

마지막으로 둘이 남게 되자 정영이 말했다.

"내려가시오."

"…좋다."

정영의 굳은 눈빛을 본 문주는 차례를 양보하지 않고 밑으로 내려갔다. 그녀가 명문정파의 후기지수로서 남을 돕는 일이라면 항상 앞장서는 성정이라는 것을 눈치챘던 것이다.

이어서 정영도 구멍으로 몸을 던졌다.

모든 일행이 밑으로 내려오자 당랑귀녀가 바닥 뚜껑을 들어 올려서 구멍을 막았다. 터억! 그리고 뚜껑 밑에 난 원형 손잡이를 빙글빙글 돌렸다. 뚜껑은 기관장치가 되어 있는지 곧 바닥 구멍을 틀어막으며 고정되었다.

갑자기 뚜껑이 진동하기 시작했다.

쿠웅, 쿠웅, 쿠웅.

망자들이 닫힌 뚜껑 위에서 발을 구르며 날뛰는 소리였다.

일행이 내려오는 게 조금만 늦었더라면 막다른 곳에서 셀 수 없는 망자 떼에게 포위되었으리라.

실로 아슬아슬했던 순간. 천신만고 끝에 위기에서 탈출한 일행은 그제야 안도의 한숨을 쉬며 가슴을 쓸어내렸다.

당랑귀녀가 벽에 기대두었던 횃불을 들고 몸을 돌렸다.

"따라오세요."

백의를 걸치고 조신하게 앞장을 서는 당랑귀녀. 만약 그녀가 육룡채 일당과 함께 있는 모습을 보지 않았다면 선계에서 내려온 선녀라고 착각할 만한 장면이었다.

일단 망자 떼를 피하기는 했으나 일행은 설명할 수 없는 괴이한 기분을 느끼며 그녀의 뒤를 따라갔다.

비밀 통로는 어른 한 명이 간신히 통과할 만큼 비좁았기 때문에 일행은 진영을 짜지 못하고 일렬로 늘어서서 이동해야 했다.

그나마 이강이 당랑귀녀의 바로 뒤에서 걷고 있는 게 다행이었다.

그녀가 어떤 흉계를 꾸미고 있을지 아직 알 수 없었으니까······.

하지만 이강은 전혀 걱정을 안 하는지 태연자약하게 걸으며 당랑귀녀와 얘기를 나눴다.

"육룡채 놈들은 다들 어떻게 된 거냐?"

"죽었어요."

그녀의 목소리는 여전히 나긋나긋했지만 그 내용은 소름이 끼칠 만큼 냉랭했다.

"아니면 망자가 되었겠죠."

"청면 놈이 본색을 드러냈나 보군."

"그래요. 청면이 모두를 배신했어요. 육룡채를 망자 소굴로 만들 속셈인 것 같아요."

그 말에 뒤에서 이강을 따라가던 무명은 정신이 번쩍 들었다. 이강이 말했던 청면의 흉계는 사실이었던 것이다.

오히려 제대로 된 사정을 모르는 다른 일행은 별다른 반응을 보이지 않았다. 그들은 망자 소굴이 단지 피난민들 틈에 망자를 풀어놓는 것이지, 육룡채 일당마저 망자로 만들려는 청면의 속셈까지는 떠올리지 못했던 것이다.

곧 당랑귀녀가 걸음을 멈추었다.

그녀가 멈춘 자리의 천장에 먼젓번처럼 원형 손잡이가 달린 뚜껑이 보였다. 당랑귀녀가 횃불을 바닥에 던진 뒤 뚜껑을 돌려서 열었다.

빙그르르… 터엉!

뚜껑이 열리자 눈부신 빛이 일행에게 쏟아졌다.

"올라가세요."

당랑귀녀를 선두로 해서 일행은 한 명씩 지상으로 올라갔다.

지상은 아직 육룡채 건물 안이었다. 하지만 사방이 막혀 있지 않아서 햇빛이 새어 들어왔기 때문에 청면과 육룡채 일당이 있던 음침한 곳과는 천국과 지옥처럼 구분이 됐다.

그때였다.

"으아아악!"

누군가의 비명 소리가 귀청을 찔렀다. 일행은 또 망자가 나
타났는가 싶어서 긴장했다.

그러나 모습을 드러낸 자는 망자가 아니었다.

그는 바로 군위표국의 총관이었다.

3장.

중원에 창궐하는 망자

우연히 철창 여는 장치를 발견했지만 일행을 부르지 않고 혼자 도망쳤던 군위표국 총관.

그는 망자가 쫓아올까 봐 공포에 질려서 장치를 부러뜨리기까지 했다.

그런데 일행이 당랑귀녀의 인도에 따라 망자 포위망을 빠져나오자 혼자 도망친 총관이 눈앞에 나타난 것이다.

그는 혼비백산해서 두 팔을 휘저으며 비명을 지르고 있었다.

"아아아악!"

일행은 영문을 알 수 없어서 빤히 그를 쳐다봤다.

곧 총관도 일행을 발견했다.

그는 잠깐 움찔하는가 싶더니 비틀거리며 일행에게 다가왔다.

"사, 살려주시오!"

총관이 일 장 가까이 접근하자 그의 몰골을 똑똑히 볼 수 있었다.

순간, 일행은 침을 꿀꺽 삼키며 경악했다.

그의 전신은 망자가 물고 할퀸 상처가 가득해서 성한 곳을 찾을 수 없었던 것이다. 그렇게 당하고도 망자 떼를 따돌리고 도망친 것이 신기할 정도였다.

더욱 충격적인 것은 상처가 난 부분에 구더기 같은 벌레들이 꿈틀거리며 살을 파먹고 있다는 점이었다.

"……!"

다시 보자 벌레들은 구더기가 아니었다. 구더기는 시뻘겋지 않고 흰색이니까.

거머리처럼 길쭉한 몸체를 꿈틀거리며 살 속을 파고 들어가는 벌레들은 바로 혈선충이었다.

"제, 제발 나 좀 살려주시오……."

총관이 고통에 몸부림치며 한 걸음씩 다가오자 어린 소소가 숨을 들이켰다.

"히익!"

그러나 소소는 무서워하면서도 물러서거나 다른 자의 등

뒤에 숨지 않았다. 그리고 굳게 다문 입을 움직여서 한마디 했다.

"흥, 천벌을 받았네."

다른 일행도 무심결에 그녀의 말에 동감했다.

하오문 문주가 냉소를 흘리며 말했다.

"어린 소녀만도 못한 놈이군."

순간, 그가 손목을 튕기며 사슬검을 출수했다. 좌악! 사슬검이 날아가 총관의 목을 단번에 날려 버렸다. 붕 떠오른 총관의 목은 멀리 날아가서 바닥에 떨어지터니 몇 번을 거듭 구르며 어둠 속으로 들어갔다. 투욱, 툭, 데구르르.

이어서 총관의 몸뚱이가 스르르 바닥에 쓰러졌다. 털퍼덕.

하지만 몸뚱이는 다시 움직이거나 일어서지 않았다. 그게 뜻하는 사실은 두 가지였다. 문주가 단번에 혈선충의 심맥을 갈라서 망자의 숨통을 끊었다. 그게 아니면 문주는 아직 망자가 되기 전의 총관을 죽인 것이었……

정영이 그 사실을 질책했다.

"무작정 검을 출수하다니? 총관이 아직 망자가 되지 않았을 수도 있지 않소?"

그러자 문주가 스윽 고개를 돌려서 그녀를 쳐다봤다. 밀짚모자를 푹 눌러쓰고 있어서 얼굴 위쪽은 보이지 않았으나, 모자 밑으로 뿜어져 나오는 안광이 그의 기분이 영 편하지 못하다는 것을 말해주고 있었다.

문주가 천천히 입을 열었다.

"저 정도면 벌써 감염된 수준이다. 화타나 편작이 와도 살릴 수는 없어."

그리고 이강을 돌아보며 물었다.

"안 그래, 이강?"

"맞다. 총관 놈은 목을 베서 죽이는 게 도와주는 거였지, 후후후."

이강이 킬킬대는 목소리가 여느 때와는 달리 괴이할 만큼 설득력이 있었다.

전신에 상처를 입은 채 혈선충 다발을 뒤집어쓴 총관. 차라리 목숨을 단번에 끊어주는 것이 그를 위하는 행동이었다는 것을 깨닫자 정영은 침을 꿀꺽 삼키며 더는 반박하지 못했다.

그때 무명이 말했다.

"철창 너머로 도망친 총관이 망자에게 당했소. 철창 밖으로 탈출한 이곳도 이제 망자가 돌아다닌다는 뜻이오."

그 말에 일행은 정신이 번쩍 들었다.

당랑귀녀가 앞장서며 말했다.

"아직 육룡채를 나가려면 멀었어요. 이쪽으로 오세요."

청면이 친 철창 덫에서는 빠져나왔으나 육룡채를 완전히 탈출하기 전까지는 위험에서 벗어났다고 할 수 없었다.

일행은 목이 없는 총관의 몸뚱이를 뒤로하고 자리를 떠났다.

당랑귀녀는 가벼운 발놀림으로 복도를 걸었다.

무명은 뒤를 따라가며 그녀의 모습을 유심히 살폈다.

한겨울의 눈처럼 새하얗던 백의가 군데군데 시뻘건 선혈로 물들어 있었다.

이강 말대로 청면이 계획을 실행한 게 틀림없었다. 육룡채는 망자가 된 흑도인들로 아수라장이 되었을 것이다. 청면과 육룡채 일당이 한바탕 살육극을 벌였고, 그녀는 혼란을 틈타서 몸을 빼냈으리라.

문제는 당랑귀녀가 왜 비밀 통로로 와서 일행을 구했느냐 하는 점이었다.

설마 이강을 구하려고 한 것일까?

'그건 아니다.'

무명은 고개를 저었다. 사대악인은 강호에서 네 악인을 묶어서 부르는 칭호일 뿐, 정작 그들 네 명은 아무 은혜도 원한도 없는 사이로 보였기 때문이다.

'그렇다면 혹시……'

무명이 짐작 가는 추측을 하나 떠올렸을 때였다.

계단을 내려간 당랑귀녀가 바로 앞에 나온 문을 가리키며 말했다.

"저 문을 나가면 육룡채가 아니에요."

드디어 육룡채의 출구가 모습을 드러내자 일행은 정신이 번쩍 들어서 빠르게 걸음을 옮겼다.

그리고 문을 나오자 딴 세상이 눈앞에 펼쳐져 있었다.

"……!"

원래 육룡채 주변 거리는 사람이 살지 않는 폐가로 이루어져서 불빛 한 점 보이지 않을 뿐 아니라 바늘 떨어지는 소리도 들릴 만큼 적막했다. 그러나 문 밖을 나오자 삼 장 너머에 사람들이 바쁘게 걸어 다니고 있는 등 평범한 도성의 저잣거리가 나오는 것이 아닌가?

불과 삼 장 건너편에 평범한 세상이 있다니…….

지금까지 헤맸던 지옥도가 등 뒤에 존재한다는 사실이 믿기지 않을 정도였다.

이강마저 어이가 없는지 고개를 흔들었다.

"육룡채 입구가 하나둘이 아닌 건 알았지만 이런 곳이 있는 줄은 몰랐군."

"모두 여기서 헤어져야겠군요. 그럼 저는 이만."

당랑귀녀가 일행에게 고개를 숙이더니 거리 쪽으로 몸을 돌렸다.

그때 한 자루의 검이 그녀의 앞을 가로막았다.

"멈춰라."

검으로 당랑귀녀를 겨누며 길을 막은 자는 다름 아닌 정영이었다.

당랑귀녀가 영문을 모르겠다는 얼굴로 말했다.

"왜 이러시죠? 제게 볼일이라도 있나요?"

무명은 그녀의 표정을 살피다가 이상한 점을 발견했다.

순진한 여인 같다가도 어느 순간 표독스럽게 탈바꿈하던 당랑귀녀. 지금 그녀의 얼굴은 절대 연기가 아니었다. 사람의 성정이 여러 개일 수가 있을까? 그게 아니면 설명이 되지 않았다.

"나는 당신들이 탈출하도록 도와줬어요. 그런데 검을 겨누다니요? 강호의 정리에 이런 법이라도 있나요?"

당랑귀녀의 입에서 강호의 정리가 나오는 순간, 정영의 표정이 돌변했다.

"나는 너의 도움이 필요 없다. 아니, 그 전에 점창파가 너에게 진 빚을 지금 받아야겠다."

당장에라도 검을 찌를 듯한 험악한 기세.

모두가 흉흉한 분위기에 눌려서 잠자코 있자 소소가 정영의 옷자락을 붙들며 말렸다.

"당신 왜 그래? 저 사람이 우릴 도와줬잖아?"

"뇌. 네가 상관할 일이 아냐."

누구보다 친근하게 대하던 정영이 얼음장처럼 차가운 목소리로 말하자 소소는 흠칫 놀라며 옷자락을 놨다.

이강이 킬킬대며 말했다.

"꼬마야, 괜히 끼어들지 마라."

"내 이름은 꼬마가 아니라 소소야!"

소소가 금세 눈물이 그렁그렁한 얼굴로 소리쳤지만 이강은 신경 안 쓴다는 투로 팔짱을 끼며 말을 이었다.

"강호에서 가장 중요한 일은 빚 청산이지. 여기 누구도 둘을 막을 권리는 없어, 후후후."

그의 말은 굳이 소소가 아니라 거기에 있는 모두에게 들으라는 것 같았다.

정영이 싸늘한 목소리로 말했다.

"점창파의 이름으로 너를 처단하겠다."

"점창파?"

갑자기 당랑귀녀의 목소리가 이상해졌다. 먼젓번처럼 성정이 돌변하는 순간이 온 것이었다.

"점창파라, 아하! 점창파 말이지? 너는 점창파랑 어떤 사이지?"

"나는 점창파의 제자 정영이다!"

"그랬구나, 그랬군요……."

그런데 무언가 이상했다. 카랑카랑하게 변하던 그녀의 목소리가 점점 잦아들면서 흐릿해졌던 것이다. 또한 잠깐 시뻘겋게 충혈되던 눈빛도 다시 투명하게 바뀌며 가라앉았다.

무명은 이유는 알 수 없으나 당랑귀녀가 정영을 농락하던 성정으로 바뀌다가 변신을 멈췄다는 것을 알아차렸다.

그렇다면 눈앞의 당랑귀녀는 정영과 불구대천의 원수지간이 아니라고 봐야 하지 않는가?

'막아야 한다.'

무명은 정영이 검을 출수하면 일단 막으려고 결심했다.

그러나 때를 놓치고 말았다.

탓! 정영은 무엇을 봤는지 돌연 눈빛이 기이하게 변하더니 아무 말 없이 앞으로 몸을 날렸던 것이다.

정영의 움직임이 너무 돌발적이었는지 당랑귀녀조차 순간 반응하지 못했다.

슈웃! 척사검이 한 줄기 검광을 그리며 허공을 꿰뚫었다.

귀청을 찌르는 비명 소리가 터졌다.

키에에엑!

그 소리에 일행은 깜짝 놀라 검이 향한 곳을 쳐다봤다. 척사검이 찌른 것은 당랑귀녀의 심장이 아니라 망자의 목줄기였다.

실은 육룡채의 복도 음침한 곳에서 망자 하나가 불쑥 모습을 드러내어 당랑귀녀의 등을 노리고 달려들었던 것이었다.

물론 당랑귀녀를 처단하려는 정영이 그녀의 목숨을 구해야 된다는 생각을 할 리 없었다.

단지 정영은 망자를 본 순간, 반사적으로 검을 출수했을 뿐이었다.

꾸웨에에⋯⋯.

망자가 외마디 비명을 토하며 쓰러졌다.

너무 급작스러운 상황에 놀라 일행이 침음하고 있을 때, 이강이 나직하게 중얼거렸다.

"고결한 명문정파인이 또 하나 납셨군."

그의 목소리는 평소처럼 킬킬거리거나 비아냥대는 게 아니라 얼음처럼 싸늘하게 얼어붙어 있었는데, 일행은 그 냉혹한 말투에 오싹 소름이 돋는 것을 느꼈다.

정영이 멍한 눈으로 당랑귀녀를 돌아보며 말했다.

"당신을 살려준다는 뜻이 아냐. 나는 그냥……."

순간, 당랑귀녀가 전광석화처럼 검지를 뻗어 정영의 가슴팍 혈도를 점혈했다.

쿡!

"……!"

창졸간에 당한 정영이 눈을 크게 뜨며 당랑귀녀를 바라봤다. 그녀의 눈빛은 잠시 의아한 감정이 담겨 있다가 곧 분노로 가득 찼다.

당랑귀녀가 조용히 말했다.

"이러지 않으면 도리가 없었어요."

그녀의 목소리가 지금까지와는 전혀 다르게 구슬펐다.

"나는 당신을 망자 소굴이 될 육룡채에서 꺼내줬어요. 하지만 굳이 빚을 갚아야 한다면 오 일 후 달이 하늘에 뜨는 시각에 주작호의 정자로 오세요."

"……."

점혈당해서 입을 열 수 없는 정영은 똑바로 앞을 쳐다보고 있었지만 눈빛만큼은 증오와 분노로 가득 차 있었다.

그때 당랑귀녀의 말투가 살짝 바뀌었다.

"그때 다시 만나면 검으로 대답해 주겠어."

그녀는 그 말을 끝으로 몸을 돌리더니 사람들이 오가는 저 잣거리로 빠르게 걸어갔다. 그리고 수많은 인파 속으로 들어가 사라져 버렸다.

당랑귀녀의 모습이 보이지 않자 하오문 문주가 정영에게 다가갔다.

그가 손을 놀려 그녀의 등 뒤에 있는 세 군데의 혈도를 연이어 점혈했다.

"허억!"

점혈이 풀리자 정영이 크게 숨을 토했다. 그러나 굳어 있던 몸이 채 풀리기도 전에 검을 들고 저잣거리로 뛰어갔다.

"멈춰라! 어디 있느냐? 어디 있느냐고······."

정영은 한참 동안 사방을 뒤지며 당랑귀녀를 찾았으나 그녀는 이미 어디론가 가버린 지 오래였다.

이윽고 정영은 포기했는지 일행에게 돌아왔다.

그런데 그녀가 이강에게 뜻밖의 질문을 던지는 것이었다.

"이강, 한 가지 묻고 싶은 게 있소."

"흐음, 대충 알 것 같군."

"당랑귀녀가 한 말이 진심이오, 아니면 당장 내 눈을 피하기 위해서 꾸며낸 거짓말이오?"

이강은 아마도 당랑귀녀의 생각을 읽었으리라. 때문에 정영은 그녀가 주작호에서 만나자고 한 약속이 정말인지 아니면 발뺌하려는 거짓인지 묻는 것이었다.

"나는 이유 없이 남을 돕지 않는다. 지금 대답을 하면 내게 빚을 지는 셈이 되는데 괜찮으냐?"

"상관없소. 빚은 갚을 테니 묻는 말에 대답하시오."

"좋다."

이강이 어깨를 으쓱하며 말했다.

"정말이다. 오 일 뒤 달이 뜰 때 주작호에 가면 그년을 만날 수 있을 거다."

"고맙소."

"고맙긴. 무림맹의 후기지수한테 받을 빚이 생긴 내가 더욱 감사할 일이지, 후후후."

이강은 무슨 꿍꿍이속인지 음흉한 웃음을 그치지 않았으나 정영은 당랑귀녀를 찾는 일에 정신이 팔려서 그를 신경 쓰지 못하는 눈치였다.

망자 떼에게서 벗어나고도 우여곡절이 많았던 육룡채 탈출은 그렇게 끝이 났다.

무명 일행이 구해낸 피난민은 백노괴와 소소 모녀, 단 세 명뿐.

그 밖에 피난민과 육룡채 혹도인 중 어느 누구도 살아서 육룡채를 빠져나오지 못했다. 그들은 이제 망자의 몸이 되어 미로처럼 얽힌 육룡채 안을 영원히 방황하리라.

중원에 망자가 창궐하는 날이 바야흐로 다가오고 있었다.

청면의 흉계에 걸려서 꼼짝없이 망자가 될 뻔한 무명 일행.

뜻밖에도 일행을 구해준 것은 강호 사대악인 중 하나인 당랑귀녀였다.

때문에 그녀가 사라진 뒤에도 일행은 한참 동안 아무 말 없이 침음했다. 특히 정영은 악몽에서 막 깨어나 현실을 구분 못 하는 것 같은 얼굴을 하고 있었다.

곧 백노괴가 침묵을 깨고 입을 열었다.

"태안에 이어서 육룡채까지 망자 소굴이 되어버렸군."

탈출의 기쁨을 누리던 일행은 그 말에 다시 마음이 무거워졌다. 단지 한 명만은 시큰둥한 얼굴이었는데, 물론 이강이었다.

정영이 말했다.

"망자가 도성의 외곽까지 창궐했소. 육룡채가 황궁과는 거리가 꽤 멀다고 하지만 큰일이 아닐 수 없소."

하오문 문주도 고개를 끄덕이며 수긍했다.

"이제 망자 문제는 무림만의 것이 아니지. 관도 발등에 불똥이 떨어진 셈이다."

그러나 이강이 킬킬대며 문주의 말을 반박했다.

"황제는 겁을 잔뜩 집어먹고 후궁 치마 속에 틀어박혀 있어서 코앞에 망자가 들이닥쳐도 꿈쩍 안 할 거다. 관도 무림도 망자 퇴치보다는 망자비서 얻는 데만 정신이 팔려 있지. 중원에서 망자가 창궐하는 것은 시간문제다."

"네놈이 아는 것처럼 모든 사람이 손 놓고 있는 건 아냐."

"호오, 그래서 하오문의 삼류 인생들을 모아 망자에 대비하시겠다고?"

"그래. 흑랑성으로 끝난 게 아니다. 아니, 지금부터 진짜 시작일지도 모르지."

"아서라. 그런다고 관직에 오르냐, 황금이 떨어지냐?"

"이 땅에서 계속 살아가기 위해서다."

"흐음."

이강은 더는 비아냥대지 않고 어깨를 으쓱하며 입을 다물었다.

거리는 수많은 사람들이 떠드는 소리와 발소리 때문에 시끌벅적했다. 불과 차 한 잔 마실 시간이면 닿을 곳에 새 망자 소굴이 둥지를 텄다는 사실이 믿기지 않을 정도였다.

일행은 둘로 나뉘어서 헤어지기로 했다.

소소 모녀는 문주를 따라 잠시 몸을 맡기로 했다. 문주가 태안에서 망자 떼가 퇴치되기 전까지 하오문이 지켜주겠다고 말했고, 모녀는 제안을 받아들였던 것이다.

정영이 소소에게 작별 인사를 했다.

"소소야, 어머니 잘 모시렴."

"응, 우리 걱정은 마!"

어머니가 모두에게 고개를 숙이며 말했다.

"여러분에게 어떻게 감사의 인사를 드려야 할지……."

"우리 아빠가 강호인인데 뭘 고마워해? 강호인끼리는 서로 돕고 사는 거라고!"

"하하, 소소 말이 맞소. 너무 마음에 두지 마시오."

이어서 정영이 하오문 문주에게 말했다.

"곧 도성 외곽의 관제묘에서 무림맹의 회동이 있을 것이오. 하오문도 참석할 수 있도록 부맹주님께 말씀드려 보겠소."

정사 양쪽에서 천대받던 삼류 문파 하오문이 무림맹의 회동에 참석한다? 다른 자였다면 그것을 큰 광영으로 여겨 인사하며 포권지례를 올렸으리라.

그런데 하오문 문주는 시큰둥하게 한마디를 던질 뿐이었다.

"좋을 대로."

그가 별다른 반응 없이 몸을 돌리자 정영은 잠깐 당황한 기색을 보였으나 곧 포권지례를 하며 재차 물었다.

"문주의 존성대명을 가르쳐 주실 수 있겠소?"

"존성대명?"

"그렇소. 아니면 별호라도……."

이강이 냉소를 흘리며 끼어들었다.

"하찮은 삼류 문파 하오문 따위의 문주한테 존성대명이라고? 지나가던 개가 웃겠구나!"

그러나 정영은 조금도 표정을 흐트러뜨리지 않고 대답했다.

"중원의 안위를 지키려는 데 문파의 명성은 문제가 되지 않소."

그녀의 목소리는 나직하지만 단호해서 이강조차 비웃음을 짓지 못하게 하는 힘이 있었다.

그때 뜻밖의 일이 벌어졌다.

하오문 문주가 고개를 돌리더니 손을 들어서 밀짚모자를 벗어 드는 것이 아닌가?

이강과 만났을 때 딱 한 차례 살짝 눈가만 드러냈을 뿐, 지금까지 제대로 볼 수 없었던 이목구비가 온전히 모습을 드러냈다.

그의 눈매는 날카로웠으나 눈동자에는 담담한 빛이 깃들어 있어서 보는 이의 호감을 끌어냈다. 단지 강호의 풍상을 오래 겪은 듯 볼살과 턱선이 지나치게 비쩍 말라서 타인의 접근을 거부하는 인상을 주고 있었다.

"별호 같은 건 버린 지 오래됐으니 말할 것도 없소."

문주의 굳은 입가가 살짝 벌어졌다.

"내 이름은 임윤이오."

그 말을 끝으로 하오문 문주 임윤은 몸을 돌렸다. 그리고 소소 모녀를 대동하고 인파 속으로 들어가 사라졌다.

도성 외곽에 있는 한 주루.

그곳에 네 명의 강호인이 탁자에 앉아 술잔을 기울이고 있었다.

주루는 같은 탁자에 앉은 사람의 목소리가 들리지 않을 만큼 시끄러웠다. 하지만 강호인 넷이 앉은 자리는 주변 탁자들에 앉은 자들이 목소리를 죽여서 소근소근 얘기하는 바람에 기이할 만큼 조용했다.

네 강호인의 면면이 예사롭지 않았기 때문이다.

한 명은 백발이 성성하고 등이 구부정한 노인이었는데 강하게 뿜어져 나오는 안광이 수십 년에 걸친 은거고수가 막 강호에 출행한 듯한 모습을 자아냈다.

다른 하나는 검은 천으로 두 눈을 싸매서 안광은 보이지 않았으나 행동거지 하나하나가 이상하리만큼 오싹함을 느끼게 했다. 또한 살결이 고운 미남자는 표정이 무겁고 심각해서 당장에라도 검을 뽑을 것 같았다.

그나마 청의를 걸친 서생 하나만이 평범한 강호인처럼 보이는 괴이한 일행.

네 강호인의 정체는 백노괴, 이강, 정영, 무명이었다.

"그럼 흑랑성의 고문사 놈들 얘기를 시작해 보실까."

이강이 백노괴를 보며 말했다.

"내 눈알 빼 간 놈들 행방을 알아야겠다."

"찾기 힘들 거다."

"왜?"

"뭘 묻냐? 네놈은 사람 머릿속을 읽는 것 같으니 내 생각도 벌써 알고 있을 텐데?"

"몽땅 죽었다는 말이군."

"그래."

백노괴가 백주를 마신 뒤 대답했다.

"서장 구륜사 결전이 중원 정파인의 씨를 말렸다. 반면 흑랑성의 멸문지화는 사파인의 씨를 말렸다는 말이 있지. 흑랑성은 세를 굳힌 뒤 자신들이 이용한 자를 모두 죽였다."

정영이 눈살을 찌푸리며 말했다.

"흑도인들답게 잔혹하고 무정하군."

그녀는 독주를 꽤 마셔서인지 목소리에 취기가 배어 있었다.

그런데 이강이 피식 웃으며 그녀를 비꼬았다.

"잘 모르나 본데, 흑랑성은 무림맹이 뒤를 봐줬고 관과도 연줄이 있는 문파였다. 흑도인이라고? 흑랑성은 무림맹이 토사구팽 하기 전까지 명문정파 중 하나였다."

"뭐라고? 감히 무림맹을 욕되게 일컫다니!"

"못 믿겠으면 제갈성 놈을 만나 물어봐라, 후후후."

정영은 금방이라도 검을 뽑을 기세였지만 이강은 오히려 씨익 미소를 지었다.

"흑랑성에는 지하 뇌옥이 있었는데, 그곳에 사람을 가두어 놓고 실험을 했다."

"사람을 실험한다고? 허튼소리!"

"믿든 말든 네년 자유다."

정영의 눈빛은 명문정파에 대한 자부심과 술기운이 뒤섞여서 흐트러져 있었지만 이강은 전혀 신경 쓰지 않는지 태연자약했다.

"뇌옥은 좌우로 모두 일곱 개의 방이 있었는데 나는 그중에서 십삼호에 갇혀 있었다. 흑랑성 놈들은 붙잡아 온 사람을 망자로 만든 뒤 팔다리를 잘라 다른 사람에게 붙이는 등 온갖 잔인한 실험을 했다."

"……."

그 말에 정영이 흠칫하면서 무명을 쳐다봤다.

무명도 그녀가 무슨 생각을 하는지 깨달았다. 협곡 관도에서 소림사로 가는 행렬을 급습했던 만련영생교 무리를 떠올린 것이었다.

'광명우사!'

양팔과 양다리의 길이가 각각 크게 차이 나서 걸음걸이와 움직임이 기이했던 광명우사.

혹시 그는 흑랑성이 만든 실험 인간 중의 하나가 아닐까?

만약 광명우사를 보지 못했더라면 정영은 끝까지 이강의 말을 부인했을 것이다. 그러나 망자를 신봉하는 만련영생교에서 괴이하기 짝이 없는 무사를 거느리고 있는 것을 목격한 이상, 이강의 말을 무작정 반박할 수는 없었다.

이강이 둘의 생각을 읽었는지 말했다.

"충분히 가능한 얘기다. 망자를 신처럼 떠받드는 놈들이니, 그 정체가 흑랑성에서 나왔다고 해도 이상할 것은 없지."

그는 잔이 넘치도록 백주를 따랐다. 쿨렁쿨렁. 그리고 어른 손바닥만큼 넓은 잔에 가득 담긴 독한 백주를 단숨에 들이켰다. 꿀꺽.

탁! 그가 다 마신 잔을 탁자에 세게 내려놓으며 말했다.

"구륜사 결전이 끝나고 얼마 지나지 않았을 때의 일이다."

이강이 자신의 과거를 얘기하기 시작했다.

"결전에 승리해서 중원의 강호인은 모두 안도했다. 그런데 전쟁이 끝난 이후에 실종되는 자들이 속출했지. 배후로 흑랑성이 지목되었지만 무림맹은 별다른 조치를 취하지 않았다."

"그럴 리가 없소!"

"말했지? 믿든 말든 네 년 자유라고."

이강은 정영의 반박을 일축하고 말을 계속했다.

"그러다가 흑랑성에서 망자가 창궐하는 사태가 터졌다. 무림맹은 그제야 흑랑성을 사파로 선언하고 멸문한다는 조치를 내렸지만 사후약방문, 즉 눈속임으로 덮어둔 것에 불과했어."

이강의 목소리는 점점 진지해지고 있었는데, 단지 술기운 때문은 아닌 것 같았다.

"그때 나는 강호의 사대악인으로 낙인찍혀서 천하를 떠돌고 있었지."

"왜요?"

"사문을 멸문시켰거든."

"……."

이강이 천인공노할 말을 담담히 입에 담자 정영은 침을 꿀꺽 삼키며 더는 묻지 못했다.

"하늘이 구멍 난 것처럼 장대비가 쏟아지는 어느 날 밤이었다."

"기루에서 여자를 품고 있는데 청의를 입은 서생 하나가 나를 암습했다."

"얼굴이 허옇고 키가 멀쑥한 백면서생이었다. 지금도 놈 얼굴이 생생하군. 그때는 두 눈이 박혀 있어서 똑똑히 볼 수 있었으니까."

이강은 두 눈이 없으나 마치 아련한 눈빛을 하고 먼 곳을 바라보는 것처럼 고개를 든 채로 길게 말을 늘어놓았다.

"중원에서 무공으로 나를 찍어 누를 자는 열 명이 채 못 될 거다. 소림 방장쯤 되어야 가능할까?"

"하물며 나를 손가락 하나로 이길 자는 세 명도 안 되겠지."

"그런데 서생은 검지 하나로 나를 제압했다."

"……!"

그 말에 정영은 물론 무명과 백노괴마저 놀란 얼굴로 침음했다.

이강은 악인이나 무공만큼은 명문정파의 어떤 고수도 감당하기 힘든 고수였다. 그런 이강을 검지 하나로 이겼다? 서생의 무공 수위가 상상할 수 없다는 뜻이 아니고 무엇인가.

"나는 점혈당해서 정신을 잃었지. 눈을 떠보니 어두운 뇌옥이더군."

"그곳이 흑랑성의 지하 뇌옥이라는 사실을 깨달은 것은 꽤 오랜 시간이 지난 뒤다."

"흑랑성 놈들이 내 비파골과 복사뼈를 뚫고 사슬을 꿰어 벽에 묶었다."

"그 상처가 그래서……."

지하 도시에서 무명의 제안에 모두 윗옷을 벗었을 때 이강은 양어깨의 비파골에 큼지막한 구멍이 뚫려 있었다. 정영은 당시 이강을 동정하며 금창약을 주려 했으나 그는 일언지하에 거절했었다.

그런 중에 이강이 상처의 연유를 밝히자 그녀는 무심결에 신음을 흘린 것이었다.

그런데 이강이 다음 말을 꺼내자 정영은 신음조차 흘리지 못했다.

"이어서 놈들이 내 두 눈을 뽑았다."

"……."

"그리고 기절해 있는 동안 내 몸에 무슨 짓을 해놓았는지 정신을 차리자 사람들 머릿속 생각이 들리기 시작했지."

이강 주위의 공기가 분노로 뜨겁게 불타오르는 것처럼 느껴졌다.

"얼마 안 있어서 흑랑성은 망자가 창궐해서 패망했다. 지하 뇌옥은 일 년 가까이 그대로 방치되었지."

"이해가 안 되는군."

백노괴가 끼어들며 물었다.

"강호인이라면 흑랑성 소문은 어느 정도 안다. 그럼 일 년 동안 뇌옥에서 어떻게 연명하고 살아남은 거냐?"

"망자 간수가 물과 벽곡단을 가져다줬다."

"뭐라고? 그게 사실이냐?"

백노괴가 그답지 않게 놀라며 되물었다.

"그래. 망자가 되면 산 사람과 마주쳐서 혈귀로 돌변하기 전까지는 생전에 하던 일을 무한히 반복한다."

"자신이 이미 죽었다는 사실을 모른다는 말이군."

"맞다. 뇌옥 밖으로 나갈 수 없었지만 사람들 생각이 희미하게 들려서 흑랑성이 망자화되는 것을 죄다 들을 수 있었다. 결국 산 사람은 한 명도 없이 몰살했지."

"그랬군."

"차라리 그때 굶어 죽었으면 편했을 것을, 후후후."

이강이 킬킬대며 말을 이었는데, 그의 웃음은 여느 때와 달리 어딘가 처량함이 느껴졌다.

갑자기 그가 웃음기를 싹 지우면서 말했다.

"그런데 최근에 그 서생한테 한 번 더 당했지."

무명은 다음 얘기가 무엇일지 직감했다.

"황궁 밑의 지하 감옥에 갇히기 바로 전의 일이오?"

"그래. 한데 이상한 점이 있었어."

"무엇이오?"

"놈이 이번에는 점혈을 하지 않고 독을 썼다."

이강의 목소리는 어느새 싸늘하게 식은 것은 물론, 살기까지 풍기고 있었다.

"왜 놈이 독을 썼을까? 설마 일 년 사이에 무공을 실전한 것은 아닐 테고."

무명이 계속해서 질문을 던졌다.

"두 눈을 잃었는데 그때 그 서생이라는 건 어떻게 알았소?"

"소리도 기척도 없이 접근하는 수법이 판박이처럼 똑같았다."

"그런데 당신을 제압하는 수법만이 달랐다? 점혈이 아니고 몰래 독을 썼다는 말이오?"

"그래. 중독돼서 쓰러지는 순간 깨달았을 정도로 독 쓰는 수법 역시 신출귀몰했지."

"그리고 눈을 떠보니 황궁 밑의 지하 감옥이었고?"

"맞다."

이후의 이야기는 무명도 아는 것이었다. 그것으로 이강의 과거 사연은 끝난 셈이었다.

옆에서 정영이 궁금한 눈을 하고 있자 무명은 간략하게 그간의 일을 설명했다. 기억을 잃은 채 눈을 뜬 뒤 이강과 함께 지하 감옥을 빠져나왔던 일 등등을.

"지금까지 날 이렇게 만든 놈들이 흑랑성인 줄만 알고 찾아다녔지."

이강이 잔인한 미소를 지으며 말했다.

"한데 최근 들어 다른 생각이 들기 시작했다."

그가 검지를 들어 무명을 가리켰다.

"어쩌면 네놈이 찾는 이매망량이 나를 흑랑성에 가두고 두 눈을 뽑은 장본인일지도 모르겠다. 우리 둘의 원수가 같은 놈이라는 뜻이지, 후후후."

"……."

그의 말은 어느 정도 짐작하고 있었던 내용이었으나 막상 직접 듣게 되자 무명은 입을 굳게 다물고 침음할 정도로 적지 않은 충격을 받았다.

정영이 궁금함을 참지 못하고 물었다.

"이매망량이란 게 대체 무엇이오?"

그때 말없이 술잔을 기울이며 얘기를 듣던 백노괴가 갑자기 끼어들며 대답했다.

"정체불명의 살수 조직이다."

"그게 전부요?"

"그래. 배후가 누구인지 숫자가 몇 명인지 아무도 아는 놈이 없고 소문만 떠돌지. 게다가 강호에 모습을 보인 것도 꽤 오래됐다. 벌써 십 년 전의 일인가?"

"그럼 헛소문일 수도 있지 않소?"

"그건 아냐. 증거가 있으니까."

그 말에 무명과 이강이 동시에 소리쳤다.

"증거라고?"

"그게 뭐지?"

백노괴가 잔에 마저 남은 술을 몽땅 들이켠 뒤 말했다.

"이매망량이 쓴다는 백령은침을 십 년 전에 한 번 본 적이 있다."

"……!"

"내 두 눈으로 똑똑히 봤다. 백령은침이 존재하니 이매망량이 소문만 떠도는 헛것이라고는 할 수 없겠지."

"백령은침은 어떻게 생겼소?"

"길이는 어른 손 한 뼘 정도고 굵기는 머리카락보다 가늘다. 특히 표면에 수백 개가 넘는 굴곡이 있는데 돋보기로 들여다보지 않으면 제대로 보이지 않을 정도지."

무명의 질문에 자세히 대답하는 것으로 보아 백노괴가 백령은침을 본 사실이 거짓이 아님은 분명했다.

무명은 백노괴에게 모든 것을 털어놓기로 결심했다.

"사실 나는 백령은침을 시술받은 몸이오."

이매망량과 백령은침의 존재를 믿는 백노괴라면 문제를 해결할 방법도 알고 있으리라는 생각에서였다.

"내 목뒤를 보시오."

무명이 몸을 돌려서 백노괴에게 등을 보였다. 그가 무명의 뒷덜미를 살핀 뒤 말했다.

"사실이군. 백령은침을 목뒤에 쑤셔 넣어 사람을 세뇌시킨다는 얘기는 들었는데 정말 있을 줄은 몰랐다."

"나는 지금 과거 기억을 잃은 상태요. 해서 재시술을 받고 기억을 되찾고자 하오."

"기억을 잃은 채 이매망량의 살수로 세뇌되었다는 소리냐?"

"아마 그럴 것이오."

무명이 고개를 끄덕였다.

옆에서 정영이 굳은 얼굴로 쳐다봤지만 무명은 신경 쓸 여유가 없었다. 하늘을 손바닥으로 가릴 수는 없는 법이다. 기억을 잃은 살수. 그녀가 어떤 생각을 하든 간에 그것이 지금 자신의 정체였다.

"백령은침을 시술해 줄 수 있겠소?"

"물론이다."

백노괴가 흔쾌히 대답했다.

"그런데 세뇌받았다는 놈이 백령은침을 갖고 있다는 건 말이 안 되는데?"

술이 얼큰히 취한 와중에도 백노괴는 정곡을 찌르며 지적했다.

"그렇소. 아직 수중에 얻지 못했소."

"전쟁터에 나가는 놈이 검이 없는 격이로군."

백노괴는 잠시 팔짱을 낀 채 침묵하더니 이윽고 입을 열었다.

"좋다. 네놈 둘의 문제를 해결해 주마."

이강과 무명이 동시에 되물었다.

"서생 놈과 내 문제를 함께?"

"어떻게 말이오?"

하지만 다음 순간, 이강이 백노괴의 생각을 읽었는지 씨익 냉소를 흘렸다.

"오호라, 그런 얘기였군. 서생 놈 기억을 되찾으면 모든 문제가 해결된다는 거지?"

"그래. 그새 생각을 읽었군."

백노괴가 무명과 이강을 차례대로 가리키며 설명했다.

"네놈 기억이 되돌아오면 백령은침을 시술한 이매망량의 얼굴도 자연히 기억할 수 있겠지. 하면 그다음에 이매망량의 얼굴을 이 악당 놈에게 가르쳐 주면 되지 않겠냐?"

그 말에 당사자인 무명과 이강은 물론 정영도 백노괴의 해법을 이해하고 신음을 흘렸다.

"아아… 정말 그렇소."

"그러려면 두 가지가 필요하다. 첫째, 백령은침."

무명이 고개를 끄덕이며 대답했다.

"무슨 수를 써서라도 찾아오겠소. 그런데 나머지 하나는 무엇이오?"

"둘째, 고문사 하나를 찾아와라.

"당신이 있는데 왜 고문사를 따로 찾아야 되지?"

"나는 백령은침이 있어도 시술 못 한다."

백노괴가 무명과 이강에게 두 손을 활짝 펼쳐 보였다.

"삼 년 전에 혹도 놈들한테 잡혀서 손이 망가졌다."

그의 손바닥에는 수많은 검흔이 종횡으로 나 있었는데, 칼자국이 워낙 빽빽해서 손가락 마디의 근육이 성한 곳을 찾을 수 없을 정도였다.

"백령은침은 수백 개의 굴곡 요철(凹凸)을 기억하고 계산해서 정확히 시술해야 한다. 내 손으로는 절대 불가능해. 만약 한 번이라도 방향이 어긋나면 네놈은 실성해서 광인이 될 거다."

"그렇게 위험하오?"

정영이 침을 꿀꺽 삼키며 묻자 백노괴가 고개를 끄덕였다.

"당연하지. 뇌 속을 가느다란 꼬챙이로 파헤치는 것과 마찬가지니까."

"……"

"내가 아는 고문사 중에 세침(細針)을 기가 막히게 다루는 놈이 하나 있다. 그놈을 찾아오면 시술할 수 있을 거다."

"그자가 누구요? 어디 있소?"

"그게 말야, 최근에 놈이 어디로 사라졌는지 종적을 알 수가 없단 말이야."

무명은 그제야 왜 백노괴가 고문사를 굳이 찾아오라고 했는지 그 이유를 알 수 있었다.

그때 이강이 백노괴의 생각을 읽었는지 킬킬대면서 말했다.

"이런, 이런. 중원 천하가 넓다고 하는 말은 다 엉터리라니까. 그 고문사는 네놈도 이미 알고 있는 놈이다."

그 말에 무명은 문득 스치는 생각이 있었다.

"…혹시 난쟁이?"

"맞아. 바로 그놈이다."

무명과 이강이 서로 돌아보며 씨익 웃었다.

"뭐야? 네놈들도 이미 알고 있었구나."

백노괴가 어깨를 으쓱하더니 잔이 넘치도록 술을 따랐다.

"고문사들은 그놈을 흑소귀라고 부른다."

흑소귀(黑小鬼). 검고 작은 귀신이라는 뜻. 눈빛이 음침하게 가라앉은 것은 물론 살결이 거무죽죽하던 난쟁이 고문사의 외모에 잘 어울리는 별호였다.

"들리는 소문으로는 금위군이 흑소귀 놈을 잡아갔다고 하더군."

"금위군? 왜?"

"모른다. 내가 관과 연줄을 만들지 말라고 그렇게 말했다만 귓구멍이 막혔나 보지."

"그렇군……."

무명은 난쟁이 흑소귀가 금위군에게 잡혀갔다는 얘기에 떠오르는 생각이 있었으나 말을 꺼내지 않고 침음했다. 그리고 일부러 화제를 바꿔서 물었다.

"흑소귀를 찾아온다고 치지. 그런데 그가 당신 말을 들을 것 같소?"

"안 들을 재간이 없을걸?"

백노괴가 백주를 단숨에 들이켠 뒤 말했다.

"그놈은 내 제자니까."

모든 얘기가 끝났을 때는 이미 밤이 깊은 지 오래였다.

무명과 정영이 이강을 찾아 나선 뒤 육룡채에 갇힌 동안에 하룻밤이 지나갔고 다시 이틀째 밤이 찾아온 것이었다.

넷은 주루에 붙은 객잔에서 하룻밤을 묵었다.

다음 날 아침.

백노괴가 먼저 객잔을 나서며 말했다.

"내 행방은 하오문에서 물어라. 백령은침과 흑소귀 놈을 찾아오길 기다리마."

"반드시 구해서 당신을 다시 찾겠소."

이강이 끼어들며 말했다.

"가는 김에 망자라도 하나 잡아서 끌고 갈까?"

"그러면 나야 좋지. 주는 선물은 마다하지 않으마."

백노괴는 그 말을 끝으로 몸을 돌렸다. 탁탁탁탁. 한쪽 발이 의족이지만 그는 경신법을 익힌 강호인 못지않게 빠른 속도로 골목으로 들어가더니 어느새 사라져 버렸다.

백노괴가 가자 정영도 떠날 채비를 했다.

그런데 그녀는 무엇이 아쉬운지 한참을 머뭇거리며 인사를 못 하는 것이었다.

그런 정영을 보고 이강이 씨익 웃으며 무명에게 고개를 돌렸으나, 무명은 남의 생각을 읽고 멋대로 지껄이는 그가 싫어서 모르는 척하며 무시했다.

이윽고 정영이 결심한 듯 입을 열었다.

"개봉과 태안에 이어 도성까지 망자가 퍼졌소. 사태가 시급하니 한시라도 빨리 부맹주님께 말씀드려야 하오."

"알겠소."

무명은 담담하게 고개를 끄덕이며 대답했는데, 옆에서 이강이 킬킬대면서 정영을 비꼬았다.

"뭘 그렇게 꼬치꼬치 털어놓지? 누가 궁금하대냐?"

"당신 들으라고 한 말이 아니오."

정영이 이강을 한번 쏘아본 뒤 다시 무명을 돌아봤다.

그녀의 얼굴은 수심으로 가득 차 있었는데, 무명은 그 이유를 충분히 짐작할 수 있었다.

'내 정체가 이매망량의 세작이라는 게 점점 사실로 드러나서군.'

또한 그러는 중에도 결의에 찬 시선이 그녀의 눈에 떠올랐는데, 무명은 오 일 뒤 주작호에서 있을 당랑귀녀와의 결투를 생각하며 전의를 불태우는 것이라고 여겨졌다.

그녀의 마음이 복잡한 것은 당연한 일이었다.

정영이 무언가 말을 하려다가 입을 다물더니 무명에게 포권지례를 했다.

"그럼 몸 건강히 지내시오."

"고맙소."

무명은 굳이 다시 만나기를 기대하겠다는 인사는 꺼내지 않았다. 제갈성과 싸우고 도망친 지금, 무림맹과 다시 연을 맺게 될지 어떨지 알 수 없었기 때문이다.

어쩌면 마지막이 될지 모르는 정영과의 이별.

"그럼."

그녀가 막 몸을 돌릴 때, 무명은 무슨 생각이 떠올라서 정영을 불러 세웠다.

"정영, 잠깐만."

"무슨 할 말이라도 있소?"

무명이 잡자 정영이 반기는 표정으로 얼른 몸을 돌렸다. 그러나 무명의 입에서 나온 말은 그녀가 전혀 예상하지 못한 것이었다.

"송연화랑 연락할 방법이 없소?"

"그건 왜?"

"그녀에게 물어볼 일이 있소."

"환관 중에 송연화에게 서찰을 건네는 심부름꾼이 있소. 하지만 당신은 환관이니……."

그녀의 말은 환관인 무명이 황궁에서 직접 송연화를 만나면 되지 않느냐는 물음이었다.

무명이 대답했다.

"나는 세작이라는 정체가 발각 나서 더는 황궁에 들어갈 수 없소."

"…그랬군. 그럼 당신이 이 객잔에서 기다린다고 내가 그녀에게 서신을 보내면 되겠소?"

"충분하오."

"알았소. 늦어도 삼 일 뒤에는 연락이 올 것이오."

정영은 한 차례 무명을 바라보더니 몸을 돌렸다.

그때 이강이 그녀의 등에 대고 말했다.

"이 서생 놈의 정체는 환관을 가장한 세작이다. 즉, 가짜 환관이란 말이다."

"가짜 환관?"

정영이 고개를 돌리며 물었다.

"그래. 양물을 자르는 거세를 받지 않았다는 뜻이지, 후후후."

"아……."

그녀는 멍한 눈으로 잠시 이강과 무명을 번갈아 보더니 곧 정신을 차렸는지 붉게 상기된 얼굴을 돌렸다. 그리고 이번에는 다시 고개를 돌리지 않고 그대로 거리를 걸어가서 사라져 버렸다.

이강이 불쑥 말을 꺼냈다.

"네놈도 참 어지간하군. 정인 앞에서 다른 여자 얘기를 하다니."

"우리는 그런 사이 아니오."

무명이 반박했지만 이강은 끈질기게 말을 붙들고 늘어졌다.

"그런 것치고는 꽤 오래 둘이 붙어 다니는 것 같던데? 흐음… 했냐?"

"아니라니까."

"하긴, 네놈이 환관이 아니라는 사실도 모르고 있는 걸 보면 했을 리는 없군."

이강이 어느새 생각을 읽었는지 킬킬거렸다.

"이해는 된다. 둘 다 중대한 일이 하나둘이 아니니 운우지정을 나눌 여유는 없었겠지."

"그만 닥치시지."

"그놈 목소리 한번 무섭군. 이것 하나만 알아둬라."

뜻밖에도 이강이 그답지 않게 진지한 목소리로 말을 이었다.

"살면서 여인과 정을 나누는 것만큼 중요한 일은 없다. 그걸 미뤘다가는 반드시 후회할 날이 올 거다."

이강은 그 말을 끝으로 몸을 돌렸다.

그때 거리는 이미 인파가 들끓어서 시끄러웠으나 이상하게 도 무명은 적막한 호숫가에 혼자 서 있는 듯한 기분이 드는 것이었다.

정영, 하오문 문주, 백노괴, 모두 훗날을 기약하며 떠났다.

그나마 사이가 가까워졌던 정영마저 떠나자 무명은 가슴 속 깊이 허전함을 느꼈다.

하지만 외로움을 느낄 여유는 없었다. 앞으로 할 일이 분명 하게 정해졌기 때문이었다.

'먼저 난쟁이 흑소귀를 찾는다.'

흑소귀를 찾아 백령은침을 시술받으면 기억을 되찾을 것이 다. 그런 다음 이매망량 수장의 얼굴과 용모파기를 이강에게 가르쳐 준다. 그는 용모파기를 실마리 삼아 흑랑성과 이매망 량에 얽혀 있는 비밀과 자신의 복수 대상을 찾아내리라.

무명은 이강과 함께 객잔에 묵으며 송연화에게서 연락이 오기를 기다렸다.

송연화를 만나려는 이유는 흑소귀 때문이었다.

흑소귀가 금위군에게 잡혀갔다는 소문을 들었을 때 무명의 뇌리에 가장 먼저 떠오른 자가 있었다.

바로 무당파 청일이었다.

'청일은 난쟁이 고문사를 매수해서 나를 심문하려고 했다.'

그때 송연화가 구해주지 않았더라면 망자비서의 행방을 두고 난쟁이 흑소귀에게 고문을 당했으리라.

문제는 청일이 망자들에게 죽은 뒤 청성이 새 금위군 총대장이 되었다는 것이었다.

무당파의 진짜 실력자 청성. 그는 사제 청일이 어떻게 죽었는지 진상을 알기 위해 관련 인물을 모두 조사했을 것이다.

흑소귀 역시 청성의 눈을 피할 수 없었으리라.

때문에 그는 금위군에게 잡혀가는 신세가 된 것이었다.

무명은 이강에게 전후 사정을 간략히 설명했다. 그는 생각을 읽었는지 얘기가 미처 끝나기도 전에 고개를 끄덕였다.

"그랬군. 관과 이어진 연줄은 언제 목을 조일지 모르지, 후후후."

명문정파와 흑도인 할 것 없이 모두가 관과 연줄을 만들기를 원한다. 관과의 연줄은 큰 장사가 될 수 있으나 반대로 패가망신하는 지름길이 될 수도 있었다. 이강의 말은 이익을 탐하는 자들을 적절하게 비꼬고 있었다.

정영은 늦어도 삼 일 뒤에는 연락이 올 거라고 말했다.

그런데 청의를 걸치고 신분을 숨긴 송연화가 객잔을 찾아온 것은 하루가 지난 바로 다음 날 저녁이었다.

"황궁이 난리가 났어요. 대체 무슨 일을 저지른 거죠?"

그녀는 무명을 보자마자 질문 공세를 퍼부었다.

"동창의 수장이 죽은 채로 발견됐어요. 게다가 환관 두 명은 자취를 감춘 채 실종됐고요."

그러더니 검지를 들어 무명을 가리켰다.

"그중 하나가 바로 당신이죠."

그녀의 말은 우수전이 죽었고 주국성과 무명이 실종된 사실을 뜻하는 것이었다. 무명의 생각대로 소행자의 비밀 지하방은 발견되지 않은 것이었다.

무명이 그녀의 질문에 답했다.

"더는 황궁에 세작으로 남을 방법이 없어졌소."

"왜죠?"

"동창의 수장이 내 정체를 알아차리고 숙청하기 위해 함정을 팠소. 지금 이 자리에 있는 것도 운이 따라서 간신히 살아남았기 때문이오."

무명은 그간의 사정을 간략히 설명했다.

지하 도시에서 끌고 온 문사가 실은 망자를 숭배하는 만련영생교의 수장이었다는 것. 힘들게 구한 망자비서가 실은 가짜일지 모른다는 것 등등.

이어서 제갈성에게 이중 세작으로 의심받고 있다는 것까지 말했다.

"부맹주님이 당신을 의심한다고요?"

"그렇소."

무명은 짐짓 태연한 척 말하면서 슬쩍 그녀의 눈치를 살폈지만 거짓을 연기하고 있는 것처럼 보이지는 않았다.

그게 뜻하는 것은 하나였다. 제갈성은 무사들을 풀어 무명의 행방을 찾을 뿐, 아직 무림맹의 공적으로는 선포하지 않았다는 것이었다. 그가 정말 무명을 죽일 생각이었다면 송연화가 아니라 지금쯤 무사들을 대동하고 직접 나타났으리라.

무명은 설명을 계속했다.

"망자들이 들끓는 황궁 밑의 지하 도시는 물론, 망자비서에 얽힌 음모도 실은 그 문사에게서 시작된 것 같소."

"우리가 괴물을 세상에 풀어놓은 셈이군요."

무명은 고개를 끄덕이면서 내심 감탄했다. 송연화는 역시 순진한 정영과는 달리 사리 판단이 빠르고 냉철했다.

"이매망량이란 살수 조직을 아시오?"

"소문을 들어본 적은 있어요. 그런데 십 년 가까이 강호에 모습을 드러내지 않고 있다던데, 갑자기 왜?"

"내가 바로 이매망량에게 세뇌된 세작인 것 같소."

"말도 안 돼요!"

"말은 고맙지만 정황증거가 충분하오."

"설마 그럴 리가……."

둘의 대화가 잠시 끊어지자 이강이 킬킬대며 끼어들었다.

"그래서 서생 놈의 과거 기억이 유일한 실마리인 셈이 되어 버렸다."

무명은 그것에 대해서도 설명했다. 백령은침을 찾아 기억을 되찾으면 이매망량과 관련된 비밀을 알아낼 수 있을 것이다.

그러면 망자비서에 얽힌 음모도 자연히 밝혀지리라.

"이놈 기억이 돌아오면 나도 복수를 할 수 있게 되지."

"선인과 악인이 웬일로 함께 붙어 다니나 했더니 그런 이유가 있었군요."

"그년 참, 말 한번 폐부를 찌르는군."

이강이 쓴웃음을 짓다가 검지를 까닥이면서 한마디를 덧붙였다.

"하나는 틀렸다. 이 서생 놈은 나보다 더한 악인이 틀림없다."

"부처 눈에는 부처가 보이고 악인 눈에는 악인이 보이겠죠."

"후후후, 좋을 대로 생각해라."

송연화가 이강의 비아냥을 무시하고 무명을 보며 말했다.

"말도 안 되는 일이긴 하나 믿지 않을 도리가 없군요."

"당신에게 부탁할 일이 있소."

"뭐죠?"

"자객 무리가 나를 납치해서 황궁 근처의 객잔에 포박해 놓았을 때 당신이 구해준 것, 기억하시오?"

"당연히 기억해요. 근데?"

"그날 내가 난쟁이를 찾던 것도 기억하오?"

"당신을 고문하려던 자 말이군요. 내게 부탁하려는 게 혹시 그 난쟁이의 행방인가요?"

"……."

역시 송연화는 눈치가 빠르고 남의 생각을 앞지르는 데 능숙했다.

무명은 전혀 예상하지 못한 그녀의 말에 잠시 침음하다가 곧 고개를 끄덕였다.

"그렇소."

"한 가지 짚이는 게 있어요."

그녀가 아름답게 휘어진 아미를 살짝 찡그리며 말했다.

"몇 주 전부터 금위군이 난쟁이 하나를 대동하고 다닌다는 얘기를 들었어요."

"대동한다고? 끌고 다니는 게 아니라?"

"네. 죄인처럼 보이지는 않았다고 궁녀가 말하던데요."

이상했다. 청성이 청일의 죽음에 대한 진상을 캐기 위해 난쟁이를 잡아간 것이 아니란 말인가?

게다가 잡아갔으면 감옥이나 은신처에 가둬두면 그만일 뿐 굳이 데리고 다닐 필요는 없었다. 난쟁이와 금위군 사이에 무슨 일이 있는 게 분명했다.

하지만 무명은 추리하는 것을 그만뒀다.

어차피 난쟁이를 찾아서 직접 물어보면 된다. 또한 진짜 목적은 백령은침을 시술받는 것이니, 그와 금위군 간의 사정은 어찌 되든 상관없었다.

그런데 송연화의 다음 말이 또 다른 궁금증을 불러일으켰다.

"삼 일 전에 태자가 금위군 별동대를 이끌고 주작호로 갔어요. 난쟁이도 아마 일행에 포함되어 있을 거예요."

"주작호? 무엇 때문에?"

"저도 모르겠어요. 명목상으로는 별장을 수리한다고 하더군요."

"주작호에 있는 별장은 영왕의 것이 아니오?"

"태자 별장도 주작호에 있어요."

그녀가 태자와 영왕 간에 얽힌 일을 설명했다.

"태자와 영왕은 원래 사이가 나쁘지 않았죠."

그녀의 말에 따르면 황장자가 살아 있을 당시, 태자와 영왕은 사이가 돈독한 것으로 유명했다고 한다. 때문에 둘은 도성에 각자 저택을 둔 것은 물론, 별장도 주작호를 중심으로 해서 하나씩 마련했다.

그러나 황장자가 죽고 새로 태자가 책봉되자 둘의 사이는 개와 고양이처럼 되어버렸다. 졸지에 하나는 천자가 될 몸이 되고, 하나는 영원히 황자의 신분 이상 올라갈 수 없게 되었으니 당연한 일이었다.

새 태자는 매일 황궁에 입궁해야 했기 때문에 별장에 방문하는 날이 줄어들 수밖에 없었다. 사람의 발길이 없자 태자의 별장은 자연 폐가처럼 변했다.

그런데 갑자기 태자가 청성에게 금위군 별동대를 빌리더니 별장으로 출동한 것이다.

태자는 황제가 붕어하면 새로 천자의 자리에 오를 몸이다. 황제가 내원에 틀어박혀서 유명무실해진 지금, 금위군 별동대를 이끌고 황궁을 나서는 것은 태자에게 식은 죽 먹기나 다름없었다.

"알다시피 주작호는 망자 떼가 창궐한 이후로 평민의 출입이 금지되었어요. 그런데 왜 갑자기 발을 끊었던 별장에 가는 건지 알 수가 없네요."

송연화는 태자의 생모인 정혜귀비의 궁녀 신분으로 황궁에 들어가 있다. 그런 그녀조차 태자의 진의를 알지 못하니, 주작호 행차를 통해 그가 노리는 목적은 짐작하기 힘들었다.

"한 가지 분명한 것은 이번 행차가 망자와 관련이 있다는 거예요."

"그런 것 같군."

무명도 고개를 끄덕이며 수긍할 때였다.

"후후후, 마침 잘됐구나."

짝짝짝! 이강이 박수를 치며 말했다.

"이제 주작호로 가면 난쟁이도 찾고 정인도 볼 수 있겠군. 그야말로 일거양득, 이것이 님도 보고 뽕도 따는 격이 아니고 무엇이냐?"

"이자, 무슨 소리를 하는 거죠?"

"헛소리니 신경 쓰지 마시오."

송연화가 영문을 몰라서 물었지만, 무명은 눈길조차 주지 않으며 이강을 무시했다.

"그럼 둘이 주작호로 갈 건가요?"

"그렇소. 난쟁이의 신병을 확보해야 하니까."

"좋아요. 부맹주님께 연락해서 도움을 요청……."

"아니. 그럴 필요 없소."

무명이 일언지하에 거절하며 말했다.

"이건 무림맹의 일이 아니오. 또한 제갈성이 나를 의심하고 있으니 무림맹의 도움은 사양하겠소."

"…그렇군요. 알았어요."

무명이 단호하게 말을 자르자 송연화도 더는 권하지 않았다.

난쟁이의 행방을 알았으니 더 할 얘기는 없었다. 송연화도 귀비 몰래 외출한 거라 빨리 황궁에 돌아가야 한다며 객잔을 나섰다.

그런데 막 객잔을 떠나려고 할 때 그녀가 무명 옆을 지나치면서 슬쩍 귓속말을 속삭였다.

"다음에는 저자가 없을 때 불러주세요."

그리고 말이 끝나기가 무섭게 몸을 돌려서 인파 속으로 들어가 버렸다.

무명은 송연화의 마지막 말을 곰곰이 생각했다.

이강이 없을 때 불러달라고?

단둘이서 만나자는 얘기였다. 대체 왜? 이강 모르게 긴히

할 얘기가 있어서?

그게 아니면······.

무명이 잠시 생각에 잠겨 있을 때, 이강이 분위기 깨는 말을 던지며 초를 쳤다.

"송연화가 하루 만에 온 걸 보면 정영이 가자마자 곧장 연락한 모양이군."

"무슨 말이 하고 싶은 거요?"

"정인이 도움을 청하자 기쁜 마음에 서둘러서 일을 처리했지만 이걸 어쩌나? 사내는 딴 여인한테 마음이 가 있으니 말이다."

"그만 좀 닥쳐라."

무명은 슬슬 짜증이 나서 쏘아붙였다.

그런데 이강이 웃음기를 싹 지운 목소리로 말을 이었다.

"저년은 여전하군. 마음속에 북해빙궁의 빙산이 들어 있는 것 같아."

"강호제일악인을 자처하는 당신이 남 흉을 보다니 우습군."

"나는 이래 봬도 마음이 뜨거운 사내다, 후후후."

잠깐 진지했던 이강이 금세 냉소를 흘렸지만 무명은 고개를 돌린 채 외면했다.

청의를 걸친 서생과 흑의를 걸친 악인.

하나는 냉담한 얼굴을 하고 있는 반면, 하나는 입가에 항상 냉소를 흘리고 있다.

오랜 세월 객잔에서 일하느라 온갖 괴상한 강호인을 목격했던 점소이도 둘을 보고는 흠칫 놀랄 정도로 이인(二人)의 모습은 기이하기 짝이 없었다.

송연화가 떠나자 무명과 이강은 바로 잠행 준비를 시작했다.

주작호는 황태후가 행차하던 날 이미 망자 떼가 한번 휩쓸고 지나간 곳이다. 게다가 금위군의 상당수가 그날 망자가 되었으니, 호수 근처는 어떤 위험이 도사리고 있을지 몰랐다.

목표는 간단했다. 주작호의 태자 별장에 잠행하여 난쟁이를 잡고 탈출한다.

주작호는 현재 출입이 금지된 상태다. 물론 넓은 호수 주위를 군사들이 모두 지키고 있을 수는 없으니 안으로 들어가는 것은 어렵지 않으리라.

하지만 한번 발을 들이면 탈출하기 전까지는 편안한 침상에서 자는 게 불가능하며, 식사를 제대로 할 수 있을지도 불투명했다.

때문에 만반의 준비를 갖추는 게 중요했다.

가장 먼저 준비한 것은 물과 식량이었다.

무명은 상인에게서 낙타 가죽으로 만든 물주머니와 벽곡단을 구입했다.

은자는 충분했다. 황궁 처소에서 발견한 은자는 그동안 물처럼 펑펑 썼지만 아직도 많은 금액이 남아 있었다. 오히려 황궁을 나와서 왕직에게 주는 수고비가 사라지자 돈 쓸 일이 없을 정도였다.

이어서 함께 타고 갈 말 두 필을 샀다.

모든 준비가 끝났다. 하지만 가장 중요한 준비가 남아 있었다.

"마지막으로 한 군데 더 들러야지?"

"물론이오."

둘이 마지막으로 찾은 곳은 도검 제조창이었다.

도성 외곽에 있는 도검 제조창은 삼호당(三虎堂)이란 곳이었다.

삼호당은 과거 백 년 전 세 자루의 명검을 생산했다고 해서 지어진 이름이었다. 하지만 최근에는 세가 예전만 못해서 구대문파나 오대세가가 아니라 이름 없는 강호의 무사들이 찾는 곳으로 변한 지 오래였다.

그러나 명성이 완전히 사라지진 않았는지 무명과 이강이 방문했을 때는 대낮부터 망치질 소리가 요란하게 들리고 있었다.

떠엉떠엉떠엉!

사방이 높은 벽으로 둘러싸인 삼호당은 내부에 대장간이 함께 붙어 있을 만큼 제법 큰 규모를 자랑했다. 그곳에서 웃통을 훌렁 벗은 사내들이 쉬지 않고 모루에 망치를 두드리고 있었다.

잔뜩 달군 철을 망치로 두들긴 다음, 냉수에 집어넣어 급속히 냉각시킨다.

치지지직!

철 속에 숨어 있는 기포를 빼내어 강도를 높이는 수법, 담금질.

천하의 명검도, 삼류 무사의 칼도 모두 수백 번이 넘는 담금질을 거쳐야만 비로소 세상에 선을 보일 수 있다. 때문에 삼호당은 물론, 중원의 모든 도검 제조창은 단순한 장인이 아니라 자존심 강한 하나의 방파라고 해도 무방했다.

삼호당의 대장간에는 수십 명의 사내들이 굵은 땀을 흘리고 있었다.

평생 도검 제조법을 배운 중년인부터 아직 심부름을 익히는 어린 소년까지.

사내들의 나이는 다양했으나 하나같이 살결이 거칠고 근육이 울끈불끈 솟아올라 있었다. 또한 내공 고수처럼 안광이 새어 나오진 않았지만 모두 눈빛이 날카로워서 누구도 업신여기지 못하는 분위기가 감돌았다.

이강이 피식 웃으며 말했다.

"도검 장사는 중원에서 유일하게 굶어 죽을 일이 없는 직업이지."

붓과 종이보다 검이 더 잘 팔리는 세상.

그의 말은 혼란한 강호를 한껏 비웃는 것이나 다름없었다.

무명과 이강은 대장간을 지나 안채로 들어갔다.

안채에는 얼굴에 길게 검흔이 난 중년인 한 명이 탁자에 앉아 장부 정리를 하고 있었다.

무명은 그가 삼호당의 당주나 최소한 총관이리라 생각하고 말했다.

"도검을 사려고 하오."

"……."

중년인은 한마디 말도 없이 옆을 향해 스윽 고갯짓을 했다.

퉁명스럽다 못해 불친절한 태도. 삼호당이 그냥 도검 제조창이 아니라는 것이 중년인의 행동에서도 엿보였다.

그가 고갯짓으로 가리킨 건 안채의 벽면이었는데, 그곳에는 고슴도치처럼 못이 박혀 있었고, 수십 자루가 넘는 도검이 벽면이 보이지 않을 만큼 빽빽하게 걸려 있었다.

이강이 옆으로 다가오며 말했다.

"과거 기억은 몽땅 잃은 놈이 검법은 할 줄 아냐?"

"내 앞가림은 할 수 있소."

무명은 그를 무시하고 벽으로 다가가서 도검을 살펴보기 시작했다.

도검은 종류가 너무 많아 다 셀 수 없을 정도였다.

무명은 그중에서 검 한 자루를 집어 들었다. 양날이 곧게 뻗어 있는 검으로, 명문정파인이 흔히 쓰는 검과 가장 흡사한 모양을 하고 있었다.

검날은 공중에서 머리카락을 떨어뜨리면 두 동강이 날 정도로 잘 벼려져 있었다. 하지만…….

사악.

무명은 검을 휘둘러서 허공에 가로로 금을 그려봤다.

이건 아니었다. 망자의 목을 닥치는 대로 베기에는 검이 지나치게 가벼운 감이 들었다.

그는 검을 제자리에 돌려놓은 뒤 이번에는 월도를 집어 들었다.

월도(月刀)는 날이 초승달 모양으로 넓고 휘어져 있다. 찌르기보다는 베기에 적합해서 망자들을 상대로 싸울 때 제법 유용할 것 같았다.

그러나 무명은 고개를 저으며 월도를 되돌려 놨다.

월도는 지나치게 무겁고 자루 또한 길어서 이번 일에 적합하지 않기 때문이다. 전장에 나가는 장수라면 모를까, 망자들 틈을 뚫고 발 빠르게 이동해야 할 잠행에 월도는 거추장스러울 뿐이었다.

무명이 세 번째로 집어 든 도검은 환도(環刀)였다.

그때 장부를 쓰던 중년인이 물었다.

"무엇에 쓸 놈을 찾고 있소?"

"그냥 마구잡이로 쓸 도검이 필요합니다."

"제대로 골랐군."

중년인은 한마디 말을 던지더니 다시 고개를 돌려 장부를 정리하는 것이었다.

그의 지적은 정확했다.

환도는 월도를 길쭉하게 늘인 듯한 모양을 한 외날검으로, 강호의 무사들이 가장 많이 쓰는 검이기도 했다.

가장 평범해 보이는 환도가 강호에서 가장 많이 쓰이는 것에는 이유가 있었다.

일단 환도는 다루기 쉬웠다. 또한 날이 휘어져서 베는 공격이 쉬운 동시에, 월도처럼 날이 넓지 않고 끝이 뾰족한 모양이어서 찌르는 공격도 가능했다.

독특한 기병은 강력한 위력을 발휘하나 그만큼 오랜 수련 기간을 필요로 한다.

정영의 척사검은 몸을 날리는 보법이 필수이며, 남궁유의 연검은 미세한 손목 사용이 없는 한 쓸 수 없다. 즉, 검법을 수련한 기억이 없는 무명에게 평범한 환도는 오히려 가장 적합한 검병이라고 할 수 있었다.

"이걸로 두 자루 주시오."

망자를 상대하는 싸움은 비무가 아니라 학살에 가깝다. 덤벼드는 망자를 향해 미친 듯이 도검을 휘두르다 보면 어느새 검날이 무뎌지고 이가 빠지게 된다.

때문에 환도를 두 자루 구입한 것이었다.

'유비무환.'

중년인은 역시 말없이 자리에서 일어나더니 두 자루의 환도를 챙겨서 탁자 위에 놓고 가격표를 쓰기 시작했다.

그런데 무명이 벽에 진열된 도검을 구경하고 있을 때, 문득 한 자루가 눈에 들어왔다.

검날이 유독 시커먼 색인 비수(匕首)였다.

비수는 날이 짧고 예리한 단검이다. 한데 무명이 발견한 비수는 검날이 칠흑처럼 까매서 무언가를 벨 수 있으리라고는 도무지 믿어지지 않았다.

무명이 시험 삼아 손가락으로 비수 날을 건드려 보려고 할 때였다.

"그만두시오. 손가락 잘리고 싶지 않으면."

무명은 흠칫 놀라서 동작을 멈췄다.

중년인의 말을 듣자면 예사롭지 않은 비수가 틀림없었다. 무명이 비수도 구입하기로 결심하고 비수를 탁자 위에 올려놓자 그가 말했다.

"이 비수는 환도 두 자루를 합친 값보다 두 배는 더 비싸오."

역시!

"상관없소. 함께 사겠소."

환도 네 자루의 값어치를 하는 비수. 특히 품에 지니고 다닐 수 있기 때문에 비상시에 구명절초로 쓸 수 있는 검병이 되리라.

환도 두 자루와 비수 한 자루를 끝으로 무명은 도검 구입을 끝마쳤다.

그런데 이강은 그새 뭘 했는지 한 자루도 고르지 않고 가만히 있더니 급기야 팔짱을 낀 채 거들먹거리는 것이었다.

"이런 허접쓰레기들 말고 진짜 검은 없냐?"

순간, 중년인이 고개를 홱 돌리며 이강을 노려봤다. 게다가 목소리를 들었는지 밖의 대장간에서도 십여 명의 사내들이 망치나 도검을 들고 흉흉한 눈빛을 띤 채 안채로 들어왔다.

자존심 강한 방파나 다름없는 삼호당.

사내들은 성난 시선으로 이강을 주시했다. 그런데 분노하는 것도 잠시일 뿐, 곧 피식 냉소를 흘리며 노기를 지우는 것이었다.

이강이 검은 천으로 두 눈을 가린 장님이기 때문이었다.

사내들이 비아냥거리며 한마디씩 했다.

"이거 대단한 검법 고수가 납시셨는걸? 삼호당 도검이 마음에 안 드시는 것도 당연하지."

"그래도 저자 수준에 맞는 명검이 한 자루 있잖아?"

"명검? 그게 뭔데?"

"뭐긴. 당삼아, 주방에 가서 식칼 하나 가져다드려라!"

"와하하하하!"

사내들이 이강을 조롱하며 한바탕 광소를 터뜨렸다.

그런데 이강은 사내들의 비웃음 같은 건 신경 쓰지 않는지 무명에게 이렇게 묻는 것이었다.

"혹시 쌍검(雙劍)이 있냐? 모양과 무게가 똑같은 검 두 자루 말이다."

"찾아보겠소."

남의 생각을 읽으며 정상인보다 주변 상황을 더 빨리 파악하는 이강.

그런 그도 두 눈이 없는 이상 벽에 걸려 있는 도검을 구경하며 살필 수는 없는 일이었다.

잠깐 벽면을 둘러보던 무명은 두 자루의 검을 발견했다. 두 검은 일직선으로 곧게 뻗은 양날검이었는데, 서로 겹쳐놓으면 삐져나오는 부분이 없을 만큼 크기와 길이가 절묘하게 똑같았다.

"이건 어떻소?"

무명이 쌍검을 집어 들어 이강에게 건넸다.

이강은 양손에 한 자루씩 검을 든 다음 잠시 조용히 서 있었다. 검의 무게가 일치하는지 가늠해 보는 것 같았다.

이윽고 그가 중년인에게 고개를 돌리며 말했다.

"이 쌍검의 검집은?"

"여기 있소."

중년인이 양쪽에 검집이 하나씩 붙은 허리띠를 건넸다.

이강이 허리띠를 찬 다음 쌍검을 검집에 넣자 사내들이 다시 비아냥거렸다.

"주제에 쌍검을 고른다고?"

"눈깔이 두 개 모자라니 검 두 자루로 보충해야지?"

그런데 다음 순간, 사내들의 얼굴에서 웃음기가 싹 사라지고 말았다.

탁! 이강이 엄지로 검자루를 튕기자 쌍검이 검집에서 뽑혀서 공중에 떠올랐다.

스르릉! 두 줄기의 검광이 번뜩이는가 싶었는데 어느새 이강이 쌍검을 낚아채더니 순식간에 다섯 번의 검격을 내리그었다.

쌍검이 각각 허공에 열십자를 그린 뒤 바로 갈지(之)자를 그렸다. 파파파파팟! 가로세로로 한 번씩, 이어서 가로로 베고 대각선으로 벤 다음 다시 가로로 벤 것이었다.

놀랍게도 두 자루의 쌍검이 허공에 그린 검광은 명필이 쓴 글씨처럼 한 치의 오차도 없이 똑같은 것이 아닌가?

실은 양손에 검을 들고 갈지자로 베는 것은 매우 위험천만한 동작이다. 자칫 잘못했다가는 자신의 손목을 날릴 수 있기 때문이다.

그러나 이강이 그린 갈지자가 공중에서 살짝 겹쳐졌음에도 불구하고 그의 두 손은 생채기 하나 없이 깔끔했다.

삼호당 사내들이 경악한 나머지 입을 딱 벌리고 있을 때, 이강이 마지막 신기를 선보였다.

그가 손목을 튕겨서 쌍검을 천장에 닿을 정도로 높이 던졌다.

휘리리릭!

쌍검이 공중에서 몇 바퀴를 빙그르 돌더니 밑을 향해 떨어졌다.

그대로 있다가는 날카로운 쌍검이 이강의 몸을 꿰뚫어 버리며 박힐 상황.

하지만 이강은 제자리에서 꼼짝도 하지 않았고, 수직으로 내려온 쌍검은 그의 어깨를 아슬아슬하게 스친 뒤 그대로 검집 속에 들어가 버리는 것이었다.

싸악!

바늘 떨어지는 소리도 들릴 만큼 적막한 가운데, 누군가가 침을 삼키는 소리가 들렸다.

꿀꺽!

"그럭저럭 삶은 고기는 썰 수 있겠군."

이강이 삼호당 사내들을 향해 고개를 돌리며 말했다.

"식칼만도 못하지만 죄다 변변찮은 것들뿐이니 이걸로 해야겠다, 후후후."

"……."

비웃음이 잔뜩 섞인 목소리. 게다가 그 내용마저 삼호당을 업신여기는 것이었으나, 사내들은 더 이상 이강에게 분노하거나 조롱을 보내지 못하고 입을 굳게 다문 채 침음했다.

검 다섯 자루의 값을 치른 뒤 무명과 이강은 삼호당을 나섰다.

그런데 이강이 계속 입꼬리를 말아 올린 채 미소를 띠고 있는 게 왠지 수상해 보였다.

무명이 물었다.

"굳이 쌍검을 고른 이유가 따로 있나 보군."

"하여튼 서생 놈, 눈치 하나는 빠르다니까."

이강이 씨익 웃으며 대답했다.

"오랜만에 하오문 문주 놈을 만났더니 추억이 떠올라서 말야."

"그가 쌍검의 명수였소? 혹시 사슬검 수법도 그를 따라 한 것이오?"

"그것까지 눈치챘냐? 솔직히 말하면 반반이다. 사슬에 오래 묶여 있던 터라 손에 익었다고 생각했는데 그놈이 나보다 더 잘 쓰긴 하더군."

속마음을 들킨 게 짜증 나는지 그의 얼굴에 걸린 미소가 쓴웃음으로 변했다.

"그놈은 숙수다."

"숙수(熟手)? 요리의 장인 말이오?"

"그거 말고. 흑점에서는 모든 도검에 도통한 고수를 숙수라고 칭한다. 도(刀), 검(劍), 창(槍) 등등. 문주 놈이 다루지 못하는 도검은 중원에 없을 거다."

"대단하군."

무명은 고개를 끄덕이다가 문득 의문이 생겼다.

모든 도검을 수족처럼 다루는 고수가 무슨 이유로 정파와 사파 모두에게 천대받는 하오문의 수장이 된 것일까? 그만한 고수라면 설령 나이가 차서 명문정파의 제자로 들어갈 수는 없다고 해도 강호에서 한자리 주겠다는 방파가 수없이 많을 텐데?

그때, 이강이 무명의 생각을 읽었는지 말했다.

"강호의 명문정파에 소속되려면 실력보다 중요한 게 있다."

"무엇이오?"

"절대복종이다."

그의 목소리는 어느새 싸늘하게 식어 있었다.

"강호의 명문정파는 자신들의 생각에 반하는 자를 극히 꺼리고 배척한다. 실력자보다 입에 꿀을 바른 것처럼 아부 떠는 놈들이 출세가 빠르지."

명문정파에 대한 이강의 지독한 적개심은 여전했다.

"어쨌든 우리와는 상관없는 얘기요."

"그건 그렇군. 우리는 강호에 새로이 떠오르는 두 악인이니까, 후후후."

무명은 쓴웃음을 지었지만 딱히 반박하지 않았다.

선인으로 죽든 악인으로 살든 어차피 아무도 알아주지 않는 곳이 강호가 아닌가?

　둘은 석양이 지는 도성을 뒤로하고 주작호를 향해 말을 달렸다.

4장.

쥐덫

도성의 남동쪽에 있는 호수, 주작호(朱雀湖).

　주작호는 예로부터 물이 맑고 깨끗한 것으로 유명하여 고관대작이 휴양지로 자주 찾는 것은 물론, 평민들의 발길 또한 끊이지 않는 곳이었다.

　청풍명월(淸風明月).

　'선선한 바람과 밝은 달'이라는 말은 마치 이곳을 위해 지어졌다고 느껴지는 장소.

　마침 하늘에는 보름달이 휘영청 떠서 주작호의 수면을 비추고 있었다.

　하지만 평소라면 곳곳에 사람들의 발소리가 들릴 주작호가 지금은 벌레 울음소리 말고는 아무 소리도 들리지 않을 만큼 적막했다.

도성에서 주작호로 이어지는 초입 길에 최근 출입을 금한다는 팻말이 흉측스럽게 박혀 있어서 사람들의 발길을 막았기 때문이었다. 그러나 설령 팻말이 없다고 해도 사람들은 누구 하나 주작호로 발걸음하지 않으리라.

주작호에 망자 떼가 창궐했다는 소문이 나돌고 있으니까.

그런데 너무 조용해서 공포심마저 느껴지는 주작호에 한 명의 인영이 호숫가를 천천히 거닐고 있었다.

인영이 호수 물에 비친 달을 바라보고 있을 때였다.

스윽. 그자의 뒤에서 그림자 하나가 귀신처럼 모습을 드러냈다.

"전하, 대체 어떻게 된 일입니까?"

그림자는 뜻밖에도 허리에 검 한 자루를 찬 여인이었는데, 나타나자마자 황자에게 강한 어조로 책망을 하는 것이었다.

"환관 놈이 황궁에서 잘도 도망쳤더군요."

"이번 일은 나도 할 말이 없다."

황자가 어깨를 으쓱해 보이며 대답했다.

그러나 여인은 분이 가시지 않는지 아미를 심하게 찡그리며 목소리를 높였다.

"자신만만해서 큰소리치시더니 다 된 밥에다 코를 빠뜨리신 격이 아닙니까!"

"말이 심하구나."

"지금 변명하실 때가 아닙니다! 쥐도 새도 모르게 죽이겠다고 하시더니 이래서야 환관을 노리고 있다고 방방곡곡 소문을 낸 셈이 아닌가요?"

"일이 그렇게 됐군."

"게다가 동창 수장은 해괴한 몰골이 되어 숨이 끊어졌고 놈의 부하 하나는 실종되었다고요? 그야말로 환관 놈에게 멸시를 당한 꼴이군요."

"내가 사람을 잘못 봤어. 우수전이란 놈, 말만 번지르르하더니 대단찮은 놈일 줄이야."

"환관 놈을 얕보신 것은 아니고요?"

여인이 냉소를 흘리며 비꼬는 게 못마땅했는지 황자도 매서운 눈초리로 노려보며 말했다.

"네년, 많이 컸구나. 감히 나를 우롱해?"

"그럴 리가요. 저를 이렇게 키워주신 게 누구죠? 전하 아닙니까?"

"그건 그렇군."

둘은 서로를 보며 피식 웃음을 터뜨렸는데 어느새 망쳤던 기분이 꽤 나아졌는지 표정이 많이 부드러워졌다.

하지만 목소리만은 여전히 앙칼지고 거칠었다. 기분이 좋든 나쁘든 오만방자하게 남을 비웃는 말투가 그들의 타고난 성정인 것 같았다.

황자가 양미간을 잔뜩 구기며 말을 이었다.

"환관 놈이 황궁을 나가서 입궁하지 않고 있다. 아마 다시는 돌아오지 않을 것으로 보인다. 쥐새끼 같은 놈!"

여인이 입꼬리를 말아 올리며 말했다.

"쥐새끼는 억지로 쫓아다니면 잡기 힘듭니다."

"그럼 어떻게 잡으면 되느냐? 고양이라도 풀어놓을까?"

"더 좋은 방법이 있습니다. 함정을 파놓고 기다리는 것입니다."

"쥐새끼를 잡기 위한 덫을 놓자는 말이냐?"

황자는 의문이 풀리지 않는지 고개를 갸웃거렸다.

"하지만 쥐새끼가 제 발로 덫을 밟을까? 게다가 환관 옆에는 교활하기 짝이 없는 이강이란 놈이 붙어 다닌다면서? 놈들이 황궁 근처는 얼씬도 하지 않고 중원의 첩첩산중에 숨으면 무슨 수로 찾는다는 말이냐?"

그러자 여인이 회심의 미소를 지으며 대답했다.

"쥐새끼가 곧 제 발로 여기 주작호에 올 것 같습니다. 물론 눈엣가시인 이강 놈도 함께 말입니다."

"무엇이? 그게 정말이냐?"

"네. 덫을 놓고 기다리는 일만 남았다는 뜻이죠."

"크하하하! 환관 놈이 알아서 덫으로 들어온다는 말이지? 그것 참 고마운 일이구나!"

황자가 크게 광소를 터뜨렸다. 그러다가 웃음을 멈추고 물었다.

"마침 주작호에서 처리할 일도 있는데 그야말로 일석이조로 군. 환관 놈을 잡으면 어떻게 할까?"

"좋은 수가 있습니다."

여인은 무슨 생각이 떠올랐는지 눈빛을 반짝 빛내며 말했다.

"그냥 죽이는 건 재미없으니 목을 베고 망자로 만들죠."

도성을 떠난 무명과 이강은 남쪽으로 말을 달렸다.

황태후 행차 때는 관음보살상과 거마차의 속도가 느렸기 때문에 온종일이 걸려서야 간신히 주작호에 도착할 수 있었다. 하지만 쉬지 않고 말을 달리면 반나절이면 충분했다.

저녁 무렵에 도성을 나선 둘이 주작호에 당도했을 때는 이미 해가 진 지 오래여서 캄캄했다. 그나마 하늘에 떠 있는 달 덕분에 눈앞의 사물을 구분할 수 있을 뿐, 삼 장 너머는 칠흑같은 어둠 외에는 아무것도 보이지 않았다.

둘은 주작호 근처에 도착하자 말발굽 소리가 들리지 않도록 말을 천천히 몰았다. 태자가 이끄는 금위군 별동대에게 발각되지 않기 위해서였다.

하지만 그보다 더한 우려가 있었다.

언제 어둠 속에서 튀어나올지 모르는 망자 떼에게 포위되는 것이었다.

그런데 주작호의 칠흑처럼 검은 물이 보이기 시작했을 때, 무명이 방향을 왼쪽으로 틀며 이렇게 말하는 것이었다.

"먼저 동쪽부터 찾읍시다."

"동쪽부터라고? 태자 별장은 주작호의 북쪽에 있는 게 아니냐?"

"아니오."

무명이 고개를 저으며 설명했다.

"잠행조가 탈출하던 날, 영왕 별장은 남쪽에 있었소."

"그거야 말 안 해도 안다. 그러니까 태자 별장은 북쪽에 있어야지?"

"틀렸소. 그날 있던 곳은 영왕이 새로 지은 별장이오. 한데 송연화는 태자와 영왕이 주작호를 중심으로 마주보게끔 이미 별장을 가지고 있었다고 했소."

"그런 얘기였군."

이강이 그제야 알았다는 듯이 고개를 끄덕였다.

주작호의 남쪽에 있는 것은 영왕의 새 별장이었다. 그런데 태자와 영왕의 옛 별장이 각각 호수 반대편에 있으니, 동쪽과 서쪽 중 하나에 태자 별장이 있지 않겠느냐는 게 무명의 추측이었던 것이다.

"그 말대로라면 북쪽에는 아무것도 없겠군. 네놈 잔머리는 역시 보통이 아니라니까."

이강이 피식 웃으며 말을 이었다.

"그럼 동쪽에 태자 별장이 있을 확률은 반반이군?"

"맞소."

"영왕의 구별장이 나오면 헛걸음하는 셈이군. 할 수 없지."

"헛걸음? 과연 그럴까?"

갑자기 무명이 냉담한 목소리로 대꾸했다.

"영왕은 멀쩡한 구별장을 놔두고 최근 신별장을 지었소. 태자를 끌어내리고 자신이 새 태자가 되기 위해 온갖 권모술수를 벌이는 와중에 그럴 여유가 있을 것 같소?"

"…영왕이 무슨 흉계를 꾸미고 있다는 말이냐?"

"그렇소."

무명이 고개를 끄덕이며 말했다.

"동쪽에 태자의 구별장이 있든 영왕의 구별장이 있든 위험하기는 마찬가지일 것이오."

"그거 듣던 중 반가운 소리군."

위험이 도사리고 있다는 말에 이강은 오히려 씨익 웃으면서 허리에 찬 쌍검의 검자루를 만지작거리는 것이었다.

"검을 빨리 쓰고 싶어서 안달이 난 자 같군."

"새 검은 피를 먹여야 길이 드는 법이지, 후후후."

호숫가 바로 앞에 도착하자 둘은 말에서 내렸다.

말을 타면 망자 떼에 포위되었을 때 도망치는 게 수월할 것이다. 반면 금위군 별동대가 지키고 있을 태자 별장에 몰래 잠행하는 것은 불가능하다.

잠행은 들키지 않는 게 필수.

둘은 말을 버리는 쪽을 선택했다.

무명은 말이 물을 먹을 수 있도록 호숫가 옆의 나무에 묶었다. 또한 고삐를 느슨하게 묶었는데, 만약 돌아오지 못할 경우 말이 줄을 풀고 도망칠 수 있도록 배려한 것이었다.

이어서 환도 한 자루는 허리에 차고 한 자루는 물주머니와 벽곡단을 넣은 혁낭 옆에 붙들어 매어 등에 걸쳐 멨다.

쌍검을 허리에 찬 이강이 씨익 웃으며 앞장섰다.

"가자."

"좋소."

언제 어디서 망자가 튀어나올지 모르는 주작호.

그러나 둘의 발걸음은 모르는 이가 보았다면 축제에 가는 것으로 착각할 만큼 가벼웠다.

한 치 앞도 보이지 않는 어둠 속을 걷고 있을 때, 이강이 문득 질문을 던졌다.

"하나 묻고 싶은 게 있다."

"뭐요?"

"난쟁이야 이번에 찾아서 잡아간다고 치자. 백령은침은 어디서 구할 셈이지?"

"……."

그의 말은 정곡을 찌르는 것이었다.

기억을 되찾으려면 반드시 필요한 물건 백령은침. 그러나 정작 무명은 백령은침이 어디 있는지 짐작조차 못 하고 있지 않은가?

"실은 지하 감옥에서 탈출했을 때 얻은 물건들이 있소."

무명은 숨겨둔 일을 실토하기로 결심했다. 이강이 천하의 악인인 것은 꺼림칙했지만 어쨌든 이매망량의 정체를 캐기 위해서는 그와 손을 잡아야 했다.

"내 몸에 문신이 새겨져 있었소."

이강이 생각을 읽었는지 무명의 팔오금에 있는 문신을 얘기했다.

"백팔룡 황가? 황가전장 놈들 암호 아니냐?"

"그렇소. 황가전장에 방문한 날 공교롭게도 당신과 창천칠조를 마주쳤었지."

"기막힌 악연이군."

"황가전장의 총관이 가져온 혁낭에는 모두 네 가지 물건이 들어 있었소."

"이매망량이 문신까지 새겨서 네놈에게 남긴 물건이군. 황궁에서 세작으로 암약하면서 세뇌시킨 작전을 수행하도록 말야."

이강의 말은 너무 정확해서 더 설명할 필요가 없을 정도였다.

"맞는 말이오."

무명은 혁낭 속에 어떤 물건이 들어 있었는지 말했다. 황궁

도서관의 지도, 무림패, 비녀, 인피면구.

"도서관의 지도는 만련영생교가 나를 납치한 날 빼앗아 갔소."

"그거 정말 기발하군!"

그가 무명의 머릿속을 읽었는지 씨익 미소를 지었다.

"지하 도시의 지도를 서책 제목으로 표시해 놓고 다시 책장의 위치를 지도로 만들었단 말이지? 네놈의 잔머리가 아니었다면 중원의 어떤 놈도 깨닫지 못했을 암호로군."

이강이 목소리를 높이며 칭찬했지만, 악인이 하는 칭찬은 들어봤자 기분만 시큰둥해질 뿐이었다.

무명은 쓴웃음을 지으며 다음 물건을 말했다.

"두 번째 물건은 무림패요."

그때 이강이 목소리에서 웃음기를 지우며 말했다.

"무림패는 흑랑성이 멸문된 이후 무림맹 놈들도 누구 손에 있는지 모를 만큼 행방이 묘연하지. 즉, 무림패를 갖고 있는 놈이 이번 망자 사건의 배후 조종자란 뜻이다."

"…알고 있소."

무명은 문득 어떤 생각이 스쳤지만 말을 꺼내지 않고 넘어갔다.

"이매망량이 흑랑성까지 마수를 뻗었으니 실종된 무림패를 손에 넣었겠지. 그게 네놈이 갖고 있는 무림패다."

"그런 것 같소."

다음으로 무명은 세 번째 물건인 비녀를 말했다.

"비녀라고? 어디 한번 보자."

무명이 품에서 비녀를 꺼내 이강에게 건넸다.

이강은 두 손의 엄지와 검지로 천천히 비녀를 훑더니 곧 고개를 갸웃거리며 입을 열었다.

"나무를 깎아 만든 평범한 비녀군."

무명처럼 이강도 비녀의 유래를 짐작하기 힘들어하는 표정이었다.

"나뭇결이 거칠군. 솜씨 좋은 장인이 만든 게 아냐. 황궁 물건은 절대 아니고 여염집 아녀자의 것도 못 되는 싸구려다."

"그렇소."

"아는 여자 없냐? 비녀 주인으로 짐작되는 년 말이다."

"장난하시오? 기억이 하나도 없는 판인데."

"그랬지. 어쨌든 너무 허접한 비녀라는 게 뭔가 수상해."

그런데 손가락끝으로 비녀를 세심히 살피던 이강이 갑자기 양미간을 구기며 말했다.

"이건 매화 문양이군."

무명은 그의 섬세한 감각에 내심 감탄했다. 두 눈이 없어서 감각이 예민해진 것일까.

"정확하오. 여섯 송이의 매화가 양각으로 새겨져 있소."

"그럼 화산파?"

중원에서 매화 문양을 말하면 가장 먼저 생각나는 곳이 화산파다. 이강 역시 화산파를 의심하는가 싶었지만 곧 고개를 저었다.

"화산파 놈들이 비녀에 매화를 새긴다는 말은 금시초문이다. 검집이나 수실에 매화 문양을 만든다면 모를까."

"……."

이강마저 화산파와의 연관성을 부정하자 무명은 기운이 빠졌다.

갑자기 이강의 소맷자락이 바람이 부는 것처럼 부풀어 올랐다.

펄럭!

무명은 그가 내공을 써서 비녀를 부수려 한다는 것을 깨닫고 소리쳤다.

"그만두시오!"

"원래 이런 건 내공을 주입하면 부서지게 만드는 게 보통이다. 한데 일성(一成)의 내공을 불어넣어도 멀쩡한 걸 보니 그것도 아니군."

"그건 명검 속에 비급을 숨길 때나 하는 짓이지."

이강은 무명이 안달하는 게 재밌는지 실소를 흘렸다.

"마지막 물건은 인피면구군."

"그렇소."

그때, 이강이 충격적인 말을 꺼냈다.

"인피면구는 생면부지의 시신으로 만들 것 같지? 정반대다.

인피면구는 주로 생전에 잘 알던 자의 얼굴 가죽으로 만든
다."

인피면구는 생전에 잘 알던 자의 시신으로 만든다.

그 말을 들은 무명은 대번에 코웃음을 쳤다.

"흥, 말도 안 되는 소리."

그러자 이강이 검지를 좌우로 까닥거리며 반박했다.

"기억을 잃어서 그런지 강호 사정에 어둡구나."

"당신 말은 인류를 크게 거스르는 것이오. 누가 악인 아니
랄까 봐."

"이거 억울한데? 다음에 백노괴 놈을 만나면 물어봐라. 내
말이 사실인지 거짓인지."

뜻밖에도 그의 표정과 말투는 여느 때와 달리 진지했다.

"자기 얼굴을 드러내지 않으려는 놈들이야 아무 시신이나
갖고 인피면구를 만들지."

이강은 마치 인피면구를 쓰고 있는 것처럼 검지로 자기 얼
굴을 가리키며 말을 이었다.

"하지만 네놈이 가지고 있는 물건처럼 다른 사람으로 착각
할 만큼 정교하게 제작된 인피면구는 가까운 사람 얼굴로 만
든다."

"이유라도 있소?"

"당연하지. 그래야 인피면구를 쓰고 그 사람인 척 행세할
수 있으니까."

"……"

무명은 침을 삼키며 침음했다.

이강의 말이 인륜을 거스른다는 점을 제외하면 설득력이 있었기 때문이다.

이전에 주작호에서 무명이 황태후와 마주쳤을 때, 그녀는 인피면구를 쓴 무명을 보고 '아방'이라고 불렀다. 아방은 황태후가 영왕을 부르는 애칭이다. 당시 황태후는 연신 고개를 갸웃거리며 무명을 아방과 닮았다고 하지 않았던가.

영왕의 얼굴을 닮은 인피면구.

인피면구의 주인이 생전에 황족 중의 한 명이었다는 뜻이었다.

그 얘기는 즉…….

"이매망량이 실은 황궁에서 비호하는 조직이라는 말인가?"

무명은 앞에 이강이 있는 것도 잊은 채 중얼거렸다.

이강의 말에 따르면 이매망량은 황궁에서 비롯된 조직이어야 한다. 그들은 죽은 황족의 시신 하나로 인피면구를 제작했을 것이다.

그 이유는 하나였다.

"황족으로 가장한 채 황궁에 잠행하기 위해서군."

그때, 이강이 생각을 읽었는지 웃음을 흘리며 말했다.

"황궁에 잠행하는 건 이매망량이 아니지."

"무슨 소리요?"

"이매망량은 네놈을 세뇌시키고 기억을 지운 뒤 인피면구를 남겼다. 네놈이 황족을 가장한 채 임무를 수행하도록 만들었다는 뜻이지. 즉, 인피면구는 네놈을 위해 제작한 거다, 후후후."

"……"

무명은 다시 한번 침음했다. 이강의 말이 옳았으니까.

이윽고 무명이 입을 열었다.

"인피면구의 주인이 누구인지는 아직 알아내지 못했소."

"그걸 안다면 이매망량의 정체에 한 발짝 다가가게 되겠군?"

"그렇소."

둘은 동시에 고개를 끄덕였다.

황가전장에서 찾은 네 개의 물건.

그중에서 이매망량의 실마리를 얻을 수 있는 가장 중요한 물건은 인피면구이리라.

그때였다.

갑자기 나뭇가지 틈으로 한 점의 불빛이 보였다.

[쉿. 발을 멈추시오.]

무명은 나무 뒤에 숨어서 불빛에 노출되는 것을 피했다. 이강도 생각을 읽고 재빨리 나무 그림자로 몸을 숨겼다.

[지금부터는 전음으로 얘기하시오.]

[별장이 나왔군.]

[그렇소.]

무명은 최대한 몸을 낮춘 채 나무 그림자 속에 숨어서 이동했다.

이강은 무명의 뒤를 따라갔는데, 움직이는 궤적이 얼마나 똑같았는지 마치 무명이 남긴 발자국을 그대로 밟고 쫓아가는 것 같았다.

곧 별장의 전체 모습이 눈앞에 나타났다.

[태자 별장이냐, 영왕 별장이냐?]

[확실치는 않으나 태자 별장 같소.]

호숫가 옆에 우뚝 서 있는 으리으리한 삼 층짜리 건물.

그런데 담벼락에만 두어 개의 횃불이 불타고 있을 뿐, 건물은 불빛 한 점 없이 깜깜했다.

또한 무명과 이강은 건물에서 불과 삼 장밖에 떨어져 있지 않았는데, 담벼락 주위가 어른 키만큼 높이 자란 수풀로 둘러싸여 있어서 들킬 걱정을 하지 않아도 될 정도였다.

오랜 기간 관리되지 않는 건물.

무명이 건물을 태자의 별장으로 짐작한 이유였다.

[따라오시오.]

둘은 소리 없이 수풀을 뚫고 별장으로 다가갔다.

가까이 접근할수록 태자 별장이라는 추측이 더욱 강해졌다. 담벼락 곳곳의 갈라진 틈으로 잡초가 수북하게 자라 있는 모습이 꼭 폐가와 같았기 때문이다.

[태자의 구별장이 맞는 것 같소.]

[제대로 찾아왔군.]

무명은 담장에서 불빛이 닿지 않는 어두컴컴한 곳으로 접근
했다. 그리고 한 차례 숨을 고른 뒤 위로 뛰어올라 단숨에 담
장을 넘었다.

탁.

그리고 담장 너머에 착지하자마자 땅바닥에 바싹 몸을 엎드
린 채 주위를 살폈다.

하지만 경비는커녕 아무도 보이지 않았다.

이어서 이강이 담장을 뛰어넘어 옆에 착지했다.

[네놈은 역시 평범한 백면서생이 아니었어.]

그가 의미심장한 미소를 지으며 씨익 웃었다.

소행자와 우수전의 내력을 흡수한 무명의 몸놀림은 이미
무공을 모르는 자의 것이 아니었다. 단지 이강이 더 캐묻지
않았기 때문에 그가 어디까지 생각을 읽었는지, 또 흡성신공
에 대해 알고 있는지는 불분명했다.

[건물 밖을 지키는 경비는 없는 것 같소.]

[마음 놓지 마라. 망자가 있을지도 모르니까.]

무명은 이강의 농담을 무시했다. 경비가 없는 것은 확실히
괴이했으나, 횃불이 밝혀져 있는 이상 태자가 금위군을 이끌
고 별장에 도착했다는 뜻이었다.

둘은 발소리를 죽이고 그림자에 숨은 채 건물의 뒤로 돌아

갔다.

건물은 오랫동안 방치되어 있어서 창문이 군데군데 부서져 있었다. 마침 내부가 들여다보일 만큼 창문 틈새가 갈라져 있는 곳을 발견했다.

무명은 틈새에 눈을 대고 안을 살폈다.

[뭐가 보이냐?]

[금위군 몇 명이 화롯불을 밝히고 둥글게 앉아 있소. 하나, 둘, 셋… 모두 여섯 명이군.]

[그게 전부냐? 아무래도 이상하군.]

무명도 이강의 말에 동감했다.

송연화는 태자가 금위군 별동대를 이끌고 별장으로 갔다고 했다. 금위군은 한 조에 여섯 명씩 배치된다. 별동대는 모두 여섯 조이니, 총 삼십육 명인 셈이다.

그런데 건물 안에는 불과 여섯 명, 즉 금위군 한 개조밖에 보이지 않는 것이었다. 그것도 삼엄하게 경비를 서기는커녕 화롯불에 언 손을 쬐면서.

텅텅 빈 채로 방치된 별장.

나머지 서른 명과 태자는 어디로 갔다는 말인가?

그때였다.

터벅터벅터벅.

누군가가 건물을 나와 무명과 이강이 있는 곳으로 다가왔다.

둘은 벽면에 바싹 등을 대고 그림자 속에 숨었다.

정체불명의 인영은 무명과 이강의 존재를 전혀 모르는지 건물에서 멀어져 담장을 향해 걸어갔다. 이윽고 인영이 두 손을 놀려 무슨 짓을 했다.

쉬이이이…….

잔뜩 긴장하고 있던 무명은 쓴웃음을 지었다. 인영은 소변을 보러 밖으로 나왔던 것이었다.

그런데 이강이 고개를 휙 치켜들며 전음을 보냈다.

[놈이다.]

[놈이라니?]

[저놈, 그 난쟁이란 말이다!]

[……!]

무명은 정신이 번쩍 들어서 인영을 살폈다. 이강의 말대로 소변을 보는 자는 어린아이처럼 키가 작은 것은 물론, 머리는 큰데 어깨가 좁아서 볼품이 없는 몸집을 하고 있었다.

난쟁이 혹소귀가 확실했다.

무명은 난쟁이가 눈치채기 전에 잡아야 한다는 일념으로 몸을 날렸다.

난쟁이가 막 일을 다 보고 몸을 돌리려는 찰나, 무명의 신형이 전광석화처럼 그의 등 뒤에 나타났다.

아무 소리도, 아무 기척도 없이.

스윽. 무명이 품에서 검은 비수를 꺼내 난쟁이의 목덜미에

갖다 댔는데, 그 움직임 또한 물 흐르듯이 부드러우면서 동시에 옷자락 스치는 소리 하나 나지 않는 것이었다.

"쉿. 소리 내면 죽는다."

"히익……."

"입 다물라니까."

막 비명을 지르려던 난쟁이는 목에 닿은 서늘한 느낌을 깨닫자 침을 꿀꺽 삼키며 입을 다물었다.

"앞으로 가."

무명은 건물에서 최대한 떨어지도록 난쟁이를 담벼락 모퉁이로 끌고 갔다.

"소리치거나 전음을 보내면 죽는다. 건물에서 누가 나오는 순간, 너는 죽는다는 말이다."

난쟁이가 잔뜩 긴장한 움직임으로 고개를 끄덕였다.

"알았으면 뒤로 돌아."

천천히 몸을 돌린 난쟁이는 무명의 얼굴을 보더니 입을 딱 벌리며 신음을 흘렸다.

"다, 당신은……."

"그래, 이매망량의 세작이다. 설마 내 손아귀에서 도망칠 수 있다고 생각한 건 아니겠지?"

천신만고 끝에 다시 붙잡은 난쟁이. 무명은 이참에 최대한 겁을 주자고 마음먹고 냉랭한 목소리로 이매망량을 들먹이며 그를 겁박했다.

어느새 이강도 옆으로 다가와서 난쟁이를 향해 씨익 미소를 지어 보였다.

"오랜만이구나, 후후후."

검은 천으로 두 눈을 싸맨 이강까지 보자 난쟁이는 모든 희망이 싹 사라졌는지 혼백이 나간 표정으로 고개를 끄덕이는 것이었다.

"사, 살려만 주시오."

"그건 네놈이 어떻게 하느냐에 달렸지, 흑소귀."

무명의 입에서 자신의 별호가 나오자 난쟁이는 다시 한번 깜짝 놀라며 몸을 떨었다.

"그걸 어떻게 알았소?"

"질문은 내가 한다. 네놈은 대답만 해."

"……."

"왜 금위군이 너를 데리고 다니지? 계속 고문사를 하고 있는 거냐?"

"고문이 아니라 의원 일입니다."

"의원?"

"예. 최근 금위군 중에 손목이 잘린 자가 있습니다."

순간, 이강이 전음을 보냈다.

[백운이란 놈이군.]

[그렇소.]

영왕 별장이 망자 떼에게 포위되었을 때 청성은 금위군 별동대 한 명을 별장 밖으로 정찰 보냈다. 하지만 그는 망자에게 둘러싸여서 손을 물어뜯기는 상처를 입었고, 급기야 청성은 감염을 피하기 위해 직접 사질의 손목을 베었던 것이다.

청성의 무당파 사질이며 동시에 오른팔 격인 금위군.

그가 바로 백운이란 청년이었다.

난쟁이가 말을 이었다.

"이제 많이 나았으나 상처가 덧나지 않게 침을 놓고 약초를 발라 드리고 있습죠."

무명은 어찌 된 사정인지 깨달았다.

청성은 난쟁이를 부려서 중상을 입은 백운을 치료하도록 배려한 것이었다. 망자 감염을 피한다는 이유가 있었으나 어쨌든 사질의 손목을 벤 것은 자신이니 책임감을 지울 수는 없었으리라.

난쟁이 역시 마다할 이유가 없었을 것이다. 의원 삯도 받고 금위군과 연줄을 이어갈 좋은 기회니까.

그것이 금위군이 난쟁이를 대동하는 까닭이었다.

난쟁이가 슬쩍 무명의 눈치를 살피며 말했다.

"원하는 게 그 금위군입니까? 제가 들어가서 데리고 나올까요?"

그 말에 무명은 기가 막혀서 쓴웃음이 나왔다.

난쟁이는 목숨이 위기에 처하자 그동안 만든 연줄도 포기한 채 자기 한 목숨만 구하려고 금위군을 배신할 기회를 보고 있었다.

이런 자가 강호에 얼마나 많이 있다는 말인가?

아니, 세상 사람 모두가 실은 난쟁이 같은 자들이 아닐까? 남의 목숨은 벌레만도 못하게 여기면서 자신의 티끌만 한 이득은 아득바득 챙기는 강호인들…….

스윽.

무명이 난쟁이의 목에 비수를 바싹 들이댔다. 그러자 목에 실금이 나면서 금세 핏방울이 배어 나왔다. 비수는 생각했던 것보다 훨씬 날카로웠던 것이다.

"히이익!"

"쉿. 네놈은 대답만 하라고 했지?"

"예에……."

"나머지 금위군은 모두 어디로 갔지?"

"저는 모릅니다. 이번 출궁은 총대장이 아니라 태자 전하의 명에 따른 걸로 압니다."

그 말은 송연화에게 들은 그대로였다.

"그럼 태자 전하는 어디 있느냐?"

"그게 정말 이상합니다. 별장에 도착한 날부터 전하는 밤만 되면 일조만 남기고 어디론가 출동했다가 새벽이 되면 돌아오거든요."

무명과 이강은 정신이 번쩍 들어서 전음을 나눴다.

[태자 놈이 뭔가 꿍꿍이속이 있군.]

[별동대 일조에는 청성의 사질인 백운이 있소.]

[태자가 청성 몰래 꾸미는 흉계가 있다는 뜻이지. 이거 일이 재미있게 돌아가는데?]

백운을 포함한 별동대 일조가 별장에서 한가로이 시간을 보내는 까닭이 밝혀졌다.

태자는 중상을 입은 백운을 배려한 게 아니라, 청성의 오른 팔인 그를 일부러 떼어놓았던 것이다.

"아, 그러고 보니까."

갑자기 난쟁이가 무슨 생각이 떠올랐는지 말했다.

"태자 전하가 별동대에게 '남쪽으로 간다'라고 명령하는 말을 들었습니다."

[남쪽?]

무명과 이강이 동시에 서로에게 전음을 보냈다.

주작호의 남쪽은 영왕이 새로 지어서 황태후를 불렀던 신별장이 있는 곳이 아닌가?

예전 별장이 있는데 일부러 신별장을 지은 영왕. 금위군 별동대를 직접 이끌고 주작호로 와서 밤마다 남쪽으로 출동하는 태자.

무명이 냉소를 흘리며 말했다.

[태자가 별장 수리를 한다는 말은 역시 핑계였군.]

그랬다. 주작호는 망자 떼가 나돌고 있는 생지옥인 것도 모자라 피를 나눈 태자와 영왕이 아귀처럼 권력 다툼을 벌이는 투기장이었던 것이다.

주작호에 일부러 새 별장을 지은 영왕.

금위군 별동대를 이끌고 밤마다 호수 남쪽으로 가는 태자.

둘이 세상 사람들 모르게 주작호에서 어떤 흉계를 꾸미고 있는 게 분명했다.

무명과 이강은 난쟁이를 찾아 주작호로 왔다. 백령은침을 시술받아 기억을 되찾은 뒤 이매망량의 정체와 음모를 파헤치기 위해서였다.

난쟁이 흑소귀는 의외로 손쉽게 붙잡았다. 문제는 그다음이었다.

둘은 서로 전음을 나눴다.

[태자와 영왕 둘 중에 하나는 망자라는 얘기, 기억하시오?]

[당연하지. 이번 주작호 일이 망자와 관련 있다는 냄새가 풍기는군.]

[내 말이 그 말이오.]

이제 난쟁이는 중요하지 않게 되었다. 아니, 난쟁이는 붙잡았지만 눈앞에 더욱 큰 음모가 도사리고 있으니 그냥 돌아갈 수 없게 된 것이다.

태자와 영왕에 얽힌 음모를 알아내야 한다.

그럼 난쟁이는?

무명이 난쟁이의 처리를 고민하고 있을 때, 이강이 전음을 보냈다.

[내가 도와주랴?]

이강은 함께 난쟁이를 찾아주었으니, 무명에게 갚겠다고 호언장담한 세 번의 빚을 이미 모두 갚은 것이나 다름없었다. 때문에 무명은 대답이 난감했다. 만약 지금 그에게 도움을 받는다면 오히려 빚을 지는 셈이 아닌가?

이강이 생각을 읽었는지 킬킬대며 냉소했다.

[이것으로 세 번의 빚은 모두 갚았다.]

[알고 있소.]

[난쟁이 처리는 빚으로 치지 않을 테니 걱정 마라.]

[왜지?]

[내 눈깔 가져간 놈들을 찾으려면 어차피 네놈이 기억을 되찾아서 이매망량의 뒤를 캐야 한다. 잠시 손잡은 걸로 해두면 어떨까?]

[서로 목적이 같으니 빚지는 셈은 아니다, 그 말이오?]

[그래, 후후후.]

[좋소.]

둘은 직접 동작을 취하지는 않았으나 협약을 맺었다는 뜻으로 마음속으로 서로에게 포권지례를 올렸다.

무명이 난쟁이에게 말했다.

"흑소귀, 마지막으로 네게 명하지."

난쟁이가 침을 꿀꺽 삼키고 무명의 말을 기다렸다.

"지금 당장 도성으로 돌아가 하오문의 백노괴 밑에서 근신

해라."

"……!"

무명의 입에서 백노괴까지 나오자 난쟁이는 크게 당황하는 기색을 숨기지 못했다.

"곧 내가 찾아갈 테니 기다리고 있어라."

"예에……."

난쟁이가 고개를 연신 조아리며 대답했다.

그러나 무명은 그의 눈빛이 일순 반짝 빛나는 것을 놓치지 않았다.

금위군 연줄이 탐나서 도성에서 떠나지 않은 난쟁이. 하지만 이번에 무명이 놓아준다면 그는 돈도 연줄도 몽땅 포기하고 중원의 구석으로 도망가서 영영 돌아오지 않을 속셈이었던 것이다.

무명이 그걸 모를 리 없었다.

[당신 차례요.]

무명은 이강에게 공을 넘기고 그가 어떻게 난쟁이를 겁박하는지 지켜봤다.

이강이 씨익 웃으며 난쟁이에게 다가갔다.

"이봐, 흑소귀."

"네?"

"입을 벌려봐."

검은 천으로 두 눈을 싸맨 이강의 기이한 모습은 비수만큼

이나 말을 듣게 하는 힘이 있었다. 난쟁이는 불안한 눈으로 무명과 이강을 번갈아 보다가 천천히 입을 벌렸다.

"그래, 그래. 좀 더 활짝, 더 크게. 옳지, 그렇게……."

이강은 부드러운 목소리로 난쟁이를 어르는가 싶더니 갑자기 품에서 작은 주머니 같은 것을 꺼낸 다음 그의 입을 향해 내질렀다.

촤악!

"커헉!"

난쟁이는 이강이 투척한 것을 졸지에 삼켜 버렸는데, 그의 입가에서 검붉은 액체가 흐르는 것으로 보아 아마도 핏물인 듯했다.

"내, 내게 무엇을 먹인 거요?"

"명색이 고문사라는 놈이 그것도 모르냐? 독이지 뭐겠어."

"도, 독……."

"그래. 네놈이 삼킨 것은 백족지적(百足之敵)이란 독이다."

"백족지적? 처음 들어보는데 그런 독도 있었소?"

"중원에 있는 독 종류만 수천수만이 넘는다. 사천당문 놈들도 이 독의 제조법은 모르지. 물론 해독법도 모르고 말야."

"……."

"백족지적을 삼키고 칠칠은 사십구, 즉 사십구 일 안에 해독약을 먹지 못하면 칠공(七孔)으로 피를 쏟으며 죽는다."

그 말에 난쟁이의 얼굴이 대번에 새하얗게 질리며 이마에서 식은땀을 줄줄 흘렸다.

"알아들었냐? 우리가 네놈을 다시 찾아갈 때까지 도성에서 한 발짝도 꼼짝하지 말아라."

"아, 알겠소."

난쟁이가 멍한 얼굴로 고개를 끄덕였다. 그러다가 무슨 생각이 났는지 물었다.

"그때까지 당신들이 오지 않으면 어떻게 되는 거요?"

"네놈 천수가 다했다는 뜻이지, 후후후."

"……."

무명은 그만하면 됐다 싶어서 비수를 치우고 당장 떠나라는 뜻으로 고갯짓을 했다.

난쟁이는 혼백이 나간 얼굴로 무명과 이강을 흘끔 돌아본 뒤 몸을 돌렸다. 그리고 담장이 절반쯤 무너진 곳을 찾아서 넘어가더니 어둠 속으로 들어가 버렸다.

그가 사라지자 무명이 전음으로 물었다.

[백족지적? 그게 어떤 독이오?]

[당호 놈도 아닌데 내가 독이 어딨냐? 닭 피다.]

[닭 피?]

[그래. 백족(百足)은 백 개의 발이 달린 짐승, 지네라는 뜻이지. 옛부터 지네와 닭은 상극이라고 했다. 그러니 백족의 적, 즉 지네의 적이라면 닭밖에 더 있겠냐?]

무명은 그제야 상황을 알아차렸다. 이강이 난쟁이에게 먹인

붉은 액체는 독이 아니라 평범한 닭의 피였던 것이다.

[고작 닭 피 가지고 난쟁이를 속여 넘겼군.]

[당호 놈이 닭 피가 망자한테 치명적이라는 말에 속아서 열두 동이를 구입했었지. 놈이 닭 피를 강에다 버릴 때 혹시 쓸데가 있을까 싶어서 조금 챙겨놨었는데 오늘 이렇게 잘 쓰지 않았냐? 역시 사람은 유비무환이라니까.]

[당호한테 그랬듯이 난쟁이한테도 장난질 친 것이로군.]

[무슨 섭섭한 소리. 네놈도 공범이다, 후후후.]

무명은 이강이 연신 킬킬대는 게 한심했으나, 공범이란 것이 틀린 말도 아니어서 더는 뭐라 하지 않았다.

어쨌든 난쟁이 일은 잘 처리되었다. 아연실색한 표정으로 보아서 그가 독이 가짜라는 사실을 눈치채고 도망칠 가능성은 없었다.

[그럼 태자와 영왕이 무슨 장난질을 치고 있는지 가볼까?]

[좋소.]

둘은 별장에 들어올 때처럼 소리없이 담장을 뛰어넘었다. 그리고 건물을 빙 돌아서 주작호의 남쪽으로 달려갔다.

주작호 남쪽에 있는 영왕의 신별장은 황태후 행차 때 이미 방문한 적이 있었다.

하지만 무명은 마치 사람의 발길이 닿은 적 없는 오지를 걷는 것처럼 기이한 기분이 들었다. 그때는 수많은 등불이 주작호를 밝히고 있었으나 지금은 불빛 한 점 없는 검은 물이 옆에서 끊임없이 넘실거렸기 때문이다.

그나마 어두운 호수를 비추던 달마저 어느새 짙은 구름 속으로 들어가 버렸다. 때문에 주작호 부근은 을씨년스럽기 이를 데 없었던 것이다.

무명과 이강이 호수를 빙 둘러서 달린 지 차 한 잔 마실 무렵이 지났을 때였다.

호수 근처에서 불빛이 보이기 시작했다.

[영왕의 신별장이오.]

[황자라는 놈들이 대체 어떤 음모를 꾸미고 있는지 한번 구경해 볼까?]

무명의 말투는 여느 때처럼 담담했고, 이강의 말투는 태연자약했다.

황태후 행차 때만 해도 화려하기 그지없었던 별장.

그러나 별장은 담벼락 곳곳이 무너져 내렸고 건물 처마가 떨어져 있는 등 예전의 찬란한 위용은 찾아볼 수 없었다.

[꼭 전쟁터에 온 것 같군.]

[망자 떼가 들끓었으니 오죽하겠냐.]

무명도 그 말에 동감했다.

멀리 있어서 자세히 볼 수는 없었지만 별장은 마치 굶주린 메뚜기 떼가 휩쓸고 지나간 논밭처럼 황폐한 모습이었기 때문이다.

이윽고 별장이 코앞에 다가왔다.

둘은 숨소리조차 죽인 채 별장을 향해 조심해서 한 발짝씩 발을 옮겼다.

그때였다.

구르르르르.

어두운 암흑 속에서 정체불명의 소리가 들려왔다.

소리는 묵직한 진동이 땅을 울리고 있는 것으로 보아 망자 떼와는 거리가 멀었다. 둘은 수풀 속에 몸을 숨긴 채 소리가 가까워질 때까지 기다렸다.

이윽고 어둠에서 소리의 주인이 모습을 드러내는 순간, 무명과 이강은 누가 먼저랄 것 없이 양미간을 구기며 동시에 말했다.

[수레?]

어둠을 나와 영왕 신별장으로 향하고 있는 것은 두 필의 말이 끄는 수레였다.

수레는 멀리서 봐도 꽤 많은 짐이 실려 있는 것 같았다. 또한 수레바퀴 소리가 땅을 진동시킬 정도였으니 짐의 양과 무게가 상당한 수준이리라 짐작되었다.

문제는 수레에 실린 짐의 정체였다.

망자 떼가 창궐한 주작호에서 한밤중에 옮겨야 될 짐이 대체 무엇이란 말인가?

수레는 마부 한 명이 말을 몰았고, 횃불을 든 무사 네 명이 전후좌우에 서서 호위하며 걷고 있었다.

　무명이 물었다.

　[저들 생각을 읽을 수 있겠소?]

　[망자가 아니라면야 문제없지. 조금만 더 접근하자.]

　둘은 들키지 않도록 그림자 속에 숨어서 수레가 지나간 뒤쪽을 따라갔다.

　곧 이강이 말했다.

　[무사 한 놈의 생각을 읽었다.]

　[수레에 실린 게 무엇이오?]

　하지만 돌아오는 이강의 대답은 기운 빠지는 것이었다.

　[그건 무사 놈도 모르는 것 같다.]

　[모른다고?]

　[그래. 놈은 수레에 실린 게 뭔지 모를 뿐 아니라 알려고도 하고 있지 않아. 상부에서 알리지 않고 명령에 따르라는 엄명이 있었던 것 같은데?]

　[당신, 중요할 때는 정말 도움이 안 되는군.]

　[비꼬는 건 집어치워라. 대신 알아낸 게 있다.]

　[뭐요?]

　무명은 시큰둥하게 물었는데 이번에 돌아온 대답은 뜻밖에도 놀라운 것이었다.

　[저 무사 놈은 화산파의 제자다. 수레를 지키고 있는 네 명 모두.]

[……!]

무명은 고개를 돌려서 수레를 지키는 무사들을 유심히 살폈다.

불빛이 어른거려서 자세히 볼 수는 없었으나 무사들의 복장이 화려한 자색(紫色)인 것으로 보아 명문정파의 제자가 확실했다.

게다가 더욱 확실한 증거를 발견했다.

[허리에 찬 검에 수실이 매여 있군.]

[그래. 매화수실이지.]

발간 색깔의 실로 수놓은 꽃무늬 모양의 수실.

화산파의 검법명은 매화가 들어간 것이 많으며, 특유의 검기 또한 '매화 검기'라고 칭할 정도로 화산파는 매화를 자파의 상징으로 삼았다.

때문에 강호에서 검집에 매화 문양을 양각해서 넣거나 매화수실을 달고 다니는 자를 보면 화산파의 제자라고 여겨도 무리가 아니었다.

[태자는 무당파와 연줄을 만들어서 세를 불려 나갔소.]

[영왕은 그에 맞서서 화산파와 손을 잡았지.]

강호인이라면 누구나 알고 있는 사실.

즉, 한밤중에 주작호를 오가는 수레는 영왕이 꾸민 일이라는 뜻이었다.

무명이 결심을 하고 말했다.

[수레에 실린 짐이 무엇인지 알아봐야겠소.]

[뭐, 반대할 생각은 없다.]

결정을 내린 둘은 기척을 숨긴 채 수레를 미행했다.

이윽고 수레가 영왕의 신별장 앞에 도착했다.

대궐 같던 별장의 정문은 곳곳이 흠집이 나고 움푹 패어 전쟁에 휘말린 폐가처럼 변해 있었다.

게다가 흠집은 도검을 내려쳐서 난 것이었는데, 망자로 변한 금위군이 정문을 향해 난도질을 했으리라고 짐작되었다. 그날 밤 별장 밖의 상황이 얼마나 위험천만했는지 알려주는 장면이어서 무명은 무심코 침을 꿀꺽 삼켰다.

끼이이익.

정문이 삐걱거리면서 열리자 화산파는 수레를 몰고 안으로 들어갔다. 그들이 사라지자 문은 다시 굳게 닫혔다. 쿠웅.

태자가 자신의 별장을 방치해 둔 것과는 달리 삼엄하기 이를 데 없는 분위기.

수레에 실린 짐의 정체가 더더욱 궁금해지는 장면이었다.

무명과 이강은 별장을 한 바퀴 돌면서 잠입할 틈을 찾았다. 그러나 담벼락에는 삼 장마다 횃불이 걸려 있는 터라 넘어갈 곳이 마땅하지 않았다.

경비를 서는 인원수가 얼마나 되는지 모르는 것도 문제였다. 무작정 담을 넘다가 발각된다면 영왕의 흉계를 몰래 알아낸다는 잠행 계획은 물거품이 될 게 뻔하지 않은가.

이강이 답답했는지 전음을 보냈다.

[좋은 생각 없냐? 잔머리 좀 굴려봐라.]

[…….]

무명은 좋은 방도가 떠오르지 않아 말없이 침음했다.

그때, 또 한 대의 수레가 별장을 향해 다가왔다.

무명은 문득 이상한 점을 발견했다.

수레를 호위하는 화산파 제자의 손목에 두꺼운 가죽이 둘러져 있는 것이 아닌가?

그들은 손목뿐 아니라 목에도 가죽을 두르고 있었는데, 한밤이라도 아직 눈이 내릴 때는 아니니 방한복일 리는 없었다. 그렇다고 갑옷도 아니었다.

그렇다면…….

순간, 무명의 머릿속을 스치는 생각이 있었다.

[별장에 잠입할 계책이 떠올랐소.]

[무엇이냐?]

[화산파의 삼엄한 경비를 역이용하는 것이오.]

[경비가 삼엄한 걸 오히려 이용한다고? 어떻게?]

이강은 어처구니가 없다는 듯 되물었지만 곧 생각을 읽었는지 씨익 미소를 지었다.

[그렇군. 하지만 잘될까?]

[성공할지 실패할지 나도 모르오. 그렇다고 빈손으로 그냥 돌아갈 것이오?]

[그래. 한번 해보자.]

무명과 이강은 길게 자란 수풀 속을 헤치고 수레의 옆쪽으로 돌아갔다. 그리고 땅바닥에 바싹 엎드린 채 숨소리를 죽이고 기다렸다.

곧 수레가 둘이 있는 바로 옆에 당도했다.

순간, 무명이 목소리를 가다듬은 다음 길게 괴성을 질렀다.

키에에에엑!

비명도 신음성도 아닌 기이한 소리.

그런데 괴성을 들은 화산파 제자들이 깜짝 놀라며 일제히 검을 뽑아 드는 것이었다.

스르릉!

"소리가 들려온 쪽이 어디냐?"

"잘 모르겠어! 어둠 속을 조심해!"

그들은 수레를 중심으로 해서 등을 맞댄 자세로 진영을 만들었다. 검을 들고 침을 꿀꺽 삼키며 어둠을 응시하는 모습이 무언가를 두려워하고 있는 듯했다.

그때 수레의 왼쪽, 호수가 있는 쪽에서 크게 물소리가 났다.

풍더엉!

"왼쪽이다!"

화산파가 재빨리 수레 왼쪽으로 모여서 일렬로 늘어섰다. 그리고 어둠 속에서 나타날 공포에 대항하기 위해 기수식을 취했다. 척!

살 떨리는 긴장의 순간.

하지만 시간이 지나도 호수에서는 더 이상 아무 기척도 느껴지지 않았다.

"뭐지? 망자가 아닌가?"

"아냐. 분명 사숙이 말씀하신 대로 짐승의 울음소리였어."

"정말 짐승이었을지도 모르지."

그들은 어둠 속에서 언제 튀어나올지 모르는 망자를 두려워하고 있던 것이었다.

"차라리 빨리 안으로 들어가자."

더 이상 기척을 느끼지 못하자 화산파는 다시 수레를 에워싸고 마부에게 출발을 명했다. 마부 역시 잔뜩 긴장한 얼굴로 채찍을 휘둘러서 두 필의 말에게 박차를 가했다.

"이랴, 이랴!"

구르르르르.

잠깐 멈춰 있던 수레바퀴가 다시 땅을 진동시키며 굴러가기 시작했다.

곧 화산파가 호위하는 수레가 신별장에 도착하자 정문이 활짝 열리며 그들을 반겼다. 수레가 안으로 들어오자 정문을 지키고 있던 화산파 제자들이 문을 굳게 닫았다. 쿠웅.

화산파 중 하나가 마부에게 명령했다.

"건물 뒤로 돌아가면 창고가 나오니 거기에 수레를 두어라."

"알겠습니다."

마부는 말들을 재촉해서 건물 뒤로 수레를 옮겼다.

수레를 호위하고 온 화산파 네 명은 그제야 참았던 한숨을 내쉬며 안도했다.

"휴우, 살았군."

"무슨 일이라도 있었나?"

정문을 지키는 화산파가 묻자 안도하던 자가 대답했다.

"오는 중에 망자의 소리를 들었네."

"망자라고? 정말 망자를 봤다는 말야?"

"아니. 보지는 못했고 소리만 들었어. 하지만 진짜 망자였다고."

"못 봤다고? 그럼 증거는 없는 셈이군… 이봐, 정말 망자라는 게 있을까?"

"사숙께서 헛소문이 아니라고 신신당부하신 걸 잊었나?"

"그래 봤자 죽은 시체일 뿐이야. 목을 베고 사지를 베면 놈들이 뭘 할 수 있을까?"

정문을 지키던 제자 하나가 허리에 찬 검을 툭 치면서 호언장담했다. 그러자 공포에 질린 채 수레를 몰고 온 네 명도 자신감을 되찾았는지 피식 웃음을 흘렸다.

"죽은 시체가 되살아난다고? 설령 꿈속에서 나온 귀신이 현실에 등장한다고 해도 화산파의 검법에는 어림도 없지!"

그러나 네 명의 제자가 꿈에도 모르는 일이 있었다.

그들이 무성한 수풀 옆을 지나갈 때 들은 괴성은 다름 아닌 무명이 지른 것이었다.

불과 삼 장 앞이 보이지 않는 어둠 속, 게다가 주위가 수풀로 둘러싸인 호숫가에서는 어느 방향에서 소리가 났는지 쉽게 분간하기 어렵다. 무명은 그 점을 이용해서 네 제자의 이목을 끈 것이었다.

동시에 이강이 호수에 떨어지도록 돌덩이를 집어 던졌다.

괴성과 달리 물소리는 호수 말고는 날 곳이 없다. 네 제자는 황급히 수레 왼쪽으로 돌아가서 호수 쪽을 보고 망자의 습격에 대비했다.

그리고 네 제자는 물론 마부까지 잔뜩 긴장하며 호수 쪽으로 고개를 돌리고 있을 때, 무명과 이강은 수풀 속에서 나와 수레의 오른쪽으로 접근했던 것이었다.

둘은 수레 밑으로 들어가 바닥을 붙들고 매달렸다.

잠시 후, 화산파 네 제자는 불청객 둘이 수레 밑에 숨었다는 사실은 까맣게 모르는 채 수레를 이동시켰다.

만약 마부가 무공을 익힌 강호인이었다면 수레의 무게가 갑자기 늘었다는 것을 눈치챘을지도 몰랐다.

하지만 그는 화산파에 고용된 평범한 쟁자수에 불과했으니…….

무명은 주사위를 던졌고, 도박은 성공했다.

수레가 굴러가기 시작했을 때, 이강이 전음을 보냈다.

[제대로 통했군. 역시 네놈 잔머리 하나는 끝내준다니까.]

[잔머리가 아니라 병법이오.]

화산파 제자들이 목과 손목에 두꺼운 가죽을 두르고 있는 모습을 보았을 때 무명의 머릿속에 떠오른 생각은 하나였다.

저들은 망자를 두려워하고 있다.

주작호에 망자가 창궐한 날, 청성은 직접 사질 백운의 손목을 베었다. 망자에게 물려서 살갗이 찢기면 혈선충에 감염될 위험이 있었기 때문이다.

그 자리에는 영왕은 물론 화산쌍로도 있었다.

[저들이 말하는 사숙은 아마도 화산쌍로일 것이오.]

화산쌍로는 화산파에게 망자를 쉽게 보지 말라고 단단히 주의를 주었을 것이다. 또한 만일의 사태에 대비하여 방한복도 갑옷도 아닌 가죽을 목과 손목에 두르게 했으리라.

[제법 그럴싸한 임기응변이었소.]

[하지만 꼴사납지 않냐.]

[혈선충에 감염되는 것보다는 꼴사나운 쪽이 백번 낫소.]

[그런가? 후후후.]

화산파는 언제 급습할지 모르는 망자 떼에 대비해서 경비를 삼엄하게 했다.

그리고 무명은 그들의 심리를 역으로 이용한 것이었다.

[사람들은 눈에 보이지 않는 것에 두려움을 느끼오. 어둠 속에서 정체불명의 소리가 났을 때 화산파 제자들의 집중력은 깨질 수밖에 없었소.]

[싸잡아서 비난하지 마라. 나는 두 눈이 없어도 안 속는다.]

[그건 당신이 남의 생각을 읽는•능력이 있어서지.]

[쳇, 할 말 없군.]

어느새 수레가 건물을 돌아 별장 뒤쪽에 도착했다.

그곳에는 커다란 건물이 있었는데, 천장이 높고 층이 따로 없는 것으로 보아 창고인 것 같았다.

마부가 수레를 몰고 창고로 들어갔다.

창고 안에는 수십 명이 넘는 쟁자수들이 이미 도착해 있는 수레에서 바쁘게 짐을 내리고 있었다.

또한 쟁자수들을 관리하고 있는 화산파 제자는 단 두 명이 었는데, 위험하지 않은 임무를 맡은 것으로 보아 무공 수준과 배분이 한참 낮은 제자들인 것 같았다. 무명과 이강에게는 이보다 더 좋을 수 없는 일이었다.

이강이 피식 냉소를 흘렸다.

[외곽만 지키고 안은 방치한다고? 이번 잠행은 누워서 떡 먹기군.]

[방심하지 마시오. 상대는 화산파요.]

[하긴, 명문정파 놈들이 망자들보다 더 짜증 나는 상대긴 하지.]

이강은 평소처럼 명문정파를 비웃었으나 무명은 긴장을 풀 수 없었다.

소림, 무당, 화산.

수백 년 넘게 중원 무림을 지배해 온 세 문파.

그중 검법이 고명하기로 이름 높은 화산파의 심장부에 잠행을 감행했다. 분명 망자 떼가 우글거리는 지하 도시와는 또 다른 위험이 도사리고 있으리라.

무명과 이강은 기회를 본 뒤 수레 밑에서 빠져나왔다. 그리고 몸을 굴려서 높이 쌓인 짐에 드리워진 그림자 속으로 들어갔다.

…둘의 기척을 눈치챈 자는 아무도 없었다.

그때 이강이 말했다.

[그럼 영왕은 망자가 아닌 건가?]

[무슨 이유로?]

[망자에 대비해서 이토록 삼엄히 경비를 세웠으니 영왕이 망자일 리는 없지 않을까?]

그 말에 무명이 핀잔을 주며 반문했다.

[하나만 알고 둘은 모르는군. 설령 영왕이 망자라고 해도 화산파에게 스스로 정체를 밝혔을 것 같소? 오히려 정체를 숨긴 채 연기를 하겠지.]

[끄응, 그런가?]

[영왕이 망자가 아니라면 그의 흉계를 반드시 알아내야 하오. 일부러 위험천만한 주작호까지 와서 일을 꾸미고 있으니까.]

[그렇군. 만약 놈이 망자라면?]

[더더욱 흉계를 알아내야겠지.]

[우문현답이로군.]

이강이 쓴웃음을 짓더니 고갯짓으로 쟁자수들을 가리켰다.

[저놈들도 짐이 무엇인지 모르고 있다.]

[직접 알아보는 수밖에 없겠군.]

둘은 서로를 향해 고개를 끄덕였다. 무명이 쟁자수들의 움직임을 지켜보다가 모두 등을 돌렸을 때 신호를 보냈다.

[지금이오.]

순간, 무명과 이강이 그림자 속에서 빠져나왔다.

이미 절정의 경지에 오른 이강은 물론이고, 소행자와 우수전의 내력을 흡수한 무명 역시 보통 사람의 눈에는 보이지 않을 만큼 빠르게 움직였다. 때문에 둘의 발소리는 빗자루로 조심스럽게 바닥을 쓸 때보다도 더욱 작았다.

스스슥.

둘은 그림자와 그림자 속을 빠르게 이동했다.

사실 발소리가 난다고 해도 창고 안은 쟁자수들밖에 없어서 들킬 걱정이 없었다.

그런데 막상 이동하면서 보니 창고 내부가 밖에서 생각했던 것보다 꽤 컸다. 무명은 금세 그 이유를 깨달았다. 건물 중앙에 이르자 바닥이 아래를 향해 비스듬하게 기울어져 있는 것이 아닌가?

창고는 바닥을 뚫어서 곧바로 지하실로 이어지도록 만든 곳이었던 것이다.

천장이 없이 일 층과 연결되는 지하실. 많은 양의 짐을 옮기고 저장하는 데 최적인 구조였다. 아니나 다를까, 쟁자수들은 경사진 바닥에 통나무를 깔고 짐을 굴려서 아래로 옮기고 있었다.

무명과 이강은 쟁자수들이 한눈파는 틈을 타서 지하실 아래로 내려갔다.

지하는 일 층보다 훨씬 더 넓었다.

벽에 걸린 몇 개 안 되는 횃불이 어두운 공간을 미처 다 밝히지 못할 정도였다. 어둠 속에 엄청나게 넓은 공간이 펼쳐져 있다는 뜻이었다.

[이건 지하실이 아니라 아예 지하창고군.]

[일 층보다 몇 배는 더 넓을 것 같은데?]

지하창고는 워낙 넓고 어두워서 쟁자수들에게 들킬 걱정은 하지 않아도 될 정도였다.

둘은 짐 하나를 앞에 두고 섰다. 짐은 주사위처럼 각진 모양이었는데, 커다란 바위만 한 크기여서 안에 무엇이 있는지 쉽게 짐작하기 힘들었다.

무명이 품에서 비수를 꺼내 짐에 단단히 묶인 동아줄을 끊었다.

서걱. 굵은 동아줄은 단번에 두 동강이 났다. 비수는 환도

네 자루의 값어치를 톡톡히 했다.

계속해서 짐을 싸고 있는 짐승 가죽과 두터운 종잇장을 잘랐다. 비수는 가죽과 종잇장도 결이 쪼개진 대나무처럼 손쉽게 갈랐다.

그런데 괴이한 냄새가 코를 찌르는 것이었다.

[이게 무슨 냄새냐? 콧속을 망치로 때리는 것처럼 묵직한 냄새인데?]

[난들 알겠소? 두 눈으로 보고 말해주지.]

무명이 두 손으로 가죽을 잡고 좌우로 활짝 젖혔다. 그러자 드러난 것은 바로……

[폭뢰?]

그랬다. 가죽으로 싼 나무 상자 속에 빼곡히 들어 있는 것은 다름 아닌 폭뢰였다. 코를 찌르는 묵직한 냄새의 정체는 화약 냄새였던 것이다.

무명이 폭뢰 몇 개를 꺼내서 상자 위에 늘어놓았다.

한 폭뢰는 일 척 길이로 자른 짧은 봉 같은 모양으로, 끝에 기다랗게 심지가 붙어 있었다.

무명은 그 폭뢰를 본 적이 있었다.

[당호가 지하 도시 잠행 때 가져온 폭뢰와 똑같군.]

[그래? 거참 흥미로운 얘기로군.]

한 폭뢰는 어른 주먹만 한 둥근 쇠공이었는데, 역시 안에 화약이 가득 담겨 있는지 길게 심지가 꽂혀 있었다.

무명은 쇠공 폭뢰를 집어 들어봤다. 한 손에 딱 잡히는 모양이 심지에 불을 붙인 다음 먼 곳까지 정확하게 투척할 수 있을 것 같았다.

그 밖에도 상자 안에는 다양한 종류의 폭뢰가 들어 있었다.

집어 던지기 좋은 모양의 폭뢰, 건물의 갈라진 틈새에 끼우기 좋은 모양의 폭뢰, 너무 커서 옮기기는 쉽지 않으나 엄청난 양의 화약이 담겨서 파괴력이 높아 보이는 폭뢰 등등.

무명은 무심결에 고개를 들어 창고를 둘러봤다.

구석에 숨으면 쉽게 찾을 수 없을 만큼 넓은 지하창고.

이 넓은 장소에 가득히 쌓여 있는 상자가 모두 폭뢰라는 말인가? 대체 무슨 수로 이처럼 많은 폭뢰를 모았다는 말인가?

강호 사정에 어두운 자들이라면 폭뢰가 어디서 나타났는지 내력을 알지 못해서 머리를 싸맸으리라.

그러나 지금 이 인(二人)은 정답을 알고 있었다.

무명과 이강이 동시에 말했다.

[산서 벽력당의 폭뢰!]

넓은 지하창고를 가득 채울 만큼 엄청난 양의 폭뢰를 만들 곳은 하나밖에 없었다.

바로 폭뢰 제조로 악명을 떨쳤던 산서 벽력당이었다.

[벽력당(霹靂堂)은 원래 산서 지방에서 별 볼 일 없는 작은 방파였다.]

이강이 벽력당에 대해 잘 아는지 얘기를 시작했다.

[그런데 공삼평이란 놈이 팔대당주가 되면서 사정이 달라졌지.]

공삼평은 무공 재능이 별로였지만 기관진식 등의 기물을 만드는 손재주가 있었다.

[그래서 놈이 떠올린 계책이 뭔지 아냐?]

[무엇이오?]

[놈은 사천당문을 따라 하기로 결심했다.]

이강은 신바람을 내며 과거 강호 얘기를 떠벌였다.

[당문은 무공도 높지만 그보다 독과 암기 수법으로 강호에서 한자리를 차지했지. 그런데 산서 땅은 고래로 질 좋은 화약 공방이 많기로 유명했다.]

[독과 암기처럼 공삼평은 폭뢰를 선택한 것이로군.]

[바로 그거야.]

공삼평은 벽력당이 원래 제조하던 폭뢰에 자신이 터득한 비법을 첨가해서 위력을 더욱 높였다.

몇 년의 세월이 물처럼 흘렀고, 공삼평의 선택은 대박이 났다. 벽력당 폭뢰의 위력이 상당하다는 소문이 퍼지자 강호의 수많은 방파가 벽력당에게 손을 내밀었던 것이다.

[무공 수련은 시간이 오래 걸린다. 암살은 자객을 소모품으로 써야 되기 때문에 방파의 인원 손실이 크지. 하지만 폭뢰는?]

[돈만 있으면 한 번에 큰 피해를 입힐 수 있겠군.]

벽력당의 폭뢰는 없어서 못 팔 지경이었고, 곧 엄청난 은자와 재물이 창고에 쌓였다.

그러나 공삼평이 미처 생각지 못한 것이 있었다.

너무 많은 방파에게 무작정 폭뢰를 팔다 보니 그중에 서로 원한이 있는 방파들에게도 폭뢰를 팔아버린 것이다. 방파들은 세력 다툼을 벌이느라 더욱 위력이 큰 폭뢰를 사용했고, 그만큼 사상자도 많이 생겼다.

그러던 중 강호를 뒤흔드는 일대 사건이 터졌다.

객잔에서 두 방파가 싸우다가 폭뢰를 터뜨렸는데 마침 그곳에서 숙박하던 화산파의 두 제자 중 하나는 죽고 하나는 중상을 입어 다시는 무공을 쓸 수 없는 몸이 되었던 것이다.

[강호가 발칵 뒤집혔었지, 크크크.]

[재밌기도 하겠소.]

화산파는 두 방파를 멸문시킨 것은 물론, 전후 사정을 듣지 않고 벽력당에게 전쟁을 선포했다.

강호인은 벽력당이 애초에 중원 무림의 삼 대 거두 중 하나인 화산파의 상대가 못 된다고 생각했다.

하지만 뜻밖에도 벽력당의 저항이 거셌다. 벽력당은 일 년간 끈질기게 버틴 끝에 멸문되고 말았다. 일 년이나 시간을 끌었던 게 오히려 화산파에게 치욕스럽게 느껴질 정도였다.

[이후 벽력당의 폭뢰 제조법은 실전되었지.]

[예전에 사천당문이 비법을 챙겼다고 하지 않았소?]

[그래. 화산파 놈들은 직접 폭뢰를 만들지 않았을 거야.]

[그럼 여기 있는 폭뢰는 아마······.]

무명과 이강의 의견이 일치했다.

벽력당이 만들어서 산더미처럼 쌓아두었다는 폭뢰. 그 폭뢰들이 세월이 지나고 영왕의 신별장에서 다시 모습을 드러낸 것이리라.

그 이유는 하나였다.

[화산파가 영왕을 위해서 벽력당 폭뢰를 쓸 속셈이군.]

[아니. 영왕이 아니라 자신들의 부귀영화를 위해서지.]

[맞는 얘기요.]

영왕이 새로 별장을 지은 까닭도 설명되었다.

구별장이 있는데 일부러 화려한 신별장을 지어서 사람들의 눈을 속이려는 이유는? 영왕의 신별장은 실은 폭뢰 저장고였던 것이다.

그렇다면 굳이 주작호에 별장을 지어서 폭뢰를 옮기는 이유는 무엇일까?

순간, 무명과 이강이 동시에 말했다.

[도성!]

둘은 깜짝 놀라 하마터면 육성으로 소리칠 뻔했다. 그만큼 영왕의 숨은 흉계가 무시무시했기 때문이다.

주작호와 도성 간의 거리는 지척이다.

최근 눈에 띄게 기력이 쇠약해진 황제가 갑자기 붕어한 다면?

이강이 냉소를 흘리며 말했다.

[도성에 무력을 끌어들일 수 있는 자가 황궁을 차지하겠지. 강호가 그런 것처럼.]

무당파와 금위군을 장악한 태자와 맞서기 위해 영왕은 화산파에게 명령하여 벽력당의 잔존 폭뢰를 도성에서 가까운 주작호로 옮기고 있는 것이었다.

[황자 놈들의 전쟁이 코앞으로 다가왔구나, 후후후.]

이강이 한껏 세상을 비아냥댔으나 무명은 할 말이 없었다.

망자 떼가 창궐하고 있는 와중에 태자와 영왕은 황위 쟁탈전에 정신이 팔렸으며, 중원 무림은 종잇장에 불과한 망자비서를 얻으려고 아귀다툼을 벌이고 있지 않은가?

아수라장이 따로 없는 세상.

그런데 무명이 한층 더 심각한 목소리로 말했다.

[더욱 심각한 문제가 있소.]

[또 뭔데?]

[모르겠소? 영왕의 정체 말이오.]

무명의 말에 이강의 표정마저 싸늘하게 식었다.

[만약 영왕이 망자라면? 이 많은 폭뢰가 망자의 손에 들어간다면 어떻게 되겠소?]

[놈이 천하를 집어삼키겠군.]

무명이 입술을 굳게 깨물며 말했다.

[이 사실을 부맹주에게 알려야 하오.]

[네놈, 제갈성 놈이랑 싸우지 않았냐? 그런데 다시 호랑이 굴에 제 발로 들어가겠다고?]

[싫으면 여기서 헤어지시오.]

[그럴 수는 없지. 흑랑성과 이매망량의 관계를 캐내야 하니까, 후후후.]

그런데 킬킬대던 이강이 뜻밖의 질문을 던졌다.

[하나만 묻지. 만약 영왕이 망자가 아니라면 어떻게 할 셈이냐?]

[그건…….]

[그럴 경우 영왕은 그저 황위 다툼을 벌일 뿐이다. 진짜 환관도 아닌 네놈이 황궁 일에 끼어들겠다고?]

[……]

[문제는 하나 더 있다. 태자와 영왕 중 하나가 망자라면서? 그럼 망자인 태자가 황제가 되지 못하도록 오히려 영왕을 도와야 되는 것 아니냐?]

이강의 지적은 그야말로 허점을 찌르는 것이었다.

대답할 말을 찾지 못해서 침음하던 무명은 한참 뒤에 입을 열었다.

[당신처럼 세상이 멸망하는 걸 구경만 하고 있을 수는 없소.]

[네놈이 그걸 막을 수 있을까? 후후후.]

이강은 더는 지적하지 않고 잔뜩 비아냥대며 웃기만 할 뿐이었다.

[어쨌든 영왕 별장을 탈출하는 일만 남았소.]

[탈출? 들어올 때야 들키면 안 됐으니 네놈 잔머리를 빌렸지만 나갈 때야 무슨 상관이냐?]

그가 어깨를 으쓱하며 되물었다.

[게다가 네놈 신법도 상당하던데? 그냥 담장 뛰어넘고 도망가자.]

이강은 무명이 흡성신공의 소유자라는 사실을 읽어서 알고 있는지 아니면 아직 모르는지 음흉하게 미소를 흘리는 것이었다.

무명도 그냥 도망치자는 말에는 수긍했다. 그때, 문득 좋은 생각이 떠올랐다.

[이왕 도망칠 거, 장난을 더 쳐보지.]

[그거 나쁘지 않은 생각이군.]

이강이 무명의 생각을 읽었는지 씨익 웃었다.

둘은 준비를 마친 뒤 이동을 시작했다.

지하창고는 쟁자수들만 있었기 때문에 일 층으로 올라오는 것은 쉬웠다. 문제는 창고를 나간 다음부터였다.

무명은 창고 입구에서 고개를 내밀고 담장을 오가며 경계를 서고 있는 화산파 제자들의 면면을 살폈다. 마침 눈에 띄는 자를 발견하자, 무명은 품에서 꺼낸 화섭자를 불어서 불을 당겼다.

치지지직!

무명이 불꽃이 타들어가는 무언가를 창고 밖으로 집어 던지며 소리쳤다.

"폭뢰다!"

화산파 제자들은 무슨 일인지 몰라서 멍한 표정으로 고개를 돌렸다. 하지만 무명이 봐뒀던 자만은 금세 얼굴이 새하얗게 질리며 소리쳤다.

"폭뢰라고? 모두 피해라!"

그는 화산파 제자들 중 비교적 항렬이 높은 자였는데, 무명은 그가 유난히 화려한 복색을 차려입은 것을 보고 그 사실을 눈치챘던 것이었다.

일반 제자들은 수레에 무슨 짐이 실려 있는지 모른다. 그러나 수많은 인물 중에서 짐의 정체를 얘기 들었을 책임자가 한 명도 없을 리는 없다.

즉, 무명은 조장으로 보이는 자를 향해 폭뢰를 던졌고, 그는 무슨 일인지 깨닫고 비명을 질렀던 것이다.

화산파 제자들이 불꽃을 피해서 꼴사납게 펄쩍 몸을 날렸다.

그런데 무언가 이상했다.

치지지지지……

한참이 지나도 폭뢰가 터지지 않자 조장 격인 화산파 제자가 몸을 일으키고 살폈다.

"불발탄인가?"

그는 조심해서 폭뢰를 향해 한 발짝씩 다가갔다. 주위에 있던 화산파 제자들도 그를 중심으로 천천히 모여들었다.

그중 한 명이 조장에게 물었다.

"사형, 폭뢰가 저렇게 생겼습니까?"

"……."

조장은 침을 꿀꺽 삼키며 대답을 하지 못했다.

그의 발밑에 떨어져 있는 것은 시커멓게 타들어간 심지가 둘둘 묶여 있는 돌멩이였던 것이다.

무명과 이강은 화산파 제자들이 정신을 판 틈을 타서 담장을 넘는 데 성공했다.

"크크크, 들어갈 때는 망자 흉내를 내더니 나올 때는 가짜 폭뢰로 속인다? 네놈 잔머리 하나는 중원 제일이라니까!"

"말했다시피 병법이오."

둘은 웃음을 흘리며 수풀을 헤치고 달렸다.

태자 별장에 잠행한 이유 두 가지.

그중 난쟁이 흑소귀는 잡았으나 백령은침의 행방은 여전히 알 수 없었다. 절반의 성공에 불과했지만 주작호에서는 더 이상 벌일 일이 없었다. 그보다 무림맹에 영왕의 흉계를 알리는 일이 더욱 시급했다.

무명은 일단 송연화에게 연락하여 제갈성을 만나고자 결심했다.

이강이 무명의 생각을 읽었는지 비꼬았다.

"무림맹을 위해서 섶을 지고 불속으로 뛰어들 셈이냐?"

"천만의 말씀. 무림맹이 아니라 중원 천지를 위해서요."

그런데 까맣게 잊고 있던 일이 발목을 붙잡을 줄은 무명은 꿈에도 모르고 있었다.

그 둘이 영왕의 신별장에서 점점 멀어지고 있을 때였다.

갑자기 어디선가 한 줄기의 귀곡성(鬼哭聲)이 들리기 시작했다.

삘릴리리.

무명과 이강은 재빨리 걸음을 멈췄다. 그리고 긴장한 얼굴로 소리의 정체를 살폈다.

곧 소리가 다시 들렸다. 삘릴리리. 낭랑하면서도 가녀린 소리는 귀신의 울음소리 같은 게 아니라 피리 소리였다.

하지만 긴장을 풀 수는 없었다.

망자 떼가 창궐하여 사람들의 발걸음이 끊인 주작호에서 무슨 연유로 피리 소리가 난다는 말인가? 피리를 부는 자는 설마 목숨이 열 개라도 된다는 말인가?

문득 무명은 호수 쪽을 둘러보다가 전각 하나를 발견했다.

다름 아닌 태평루였다.

태평루는 주작호에서 전망이 가장 좋은 남쪽 자리에 있는 전각이다.

　항상 사람들의 발길이 끊이지 않던 주작호의 명소 태평루. 하지만 지금은 불빛 한 점 없어서 을씨년스러운 것은 물론, 어딘가 모르게 건물이 왼쪽으로 기울어져 있어서 보는 이의 마음을 불편하게 만들었다.

　무명은 씁쓸한 미소를 지었다. 태평루가 기운 까닭은 자신이 관음보살상을 쓰러뜨리기 위해 지렛대로 썼기 때문이 아닌가?

　그리고 기우뚱한 모습으로 간신히 서 있는 태평루의 지붕 위에서 호리호리한 그림자 하나가 피리를 불고 있는 것이었다.

　삘릴리리.

　순간, 이강이 피식 웃으며 말했다.

　"세상 일 한번 공교롭구나."

　"…그림자가 누구인지 알아차린 것 같군."

　"그래. 바로 당랑귀녀다."

　무명은 어느 정도 짐작하고 있었으나 막상 이강의 말을 듣자 난감한 기분이 들었다.

　육룡채에서 탈출할 때 당랑귀녀는 정영에게 오 일 후 달이 뜨는 시각에 주작호의 정자로 오라고 말했다. 벌써 날짜가 그렇게 되었다는 말인가?

　그리고 보니 오늘 자시(子時)가 되어 자정을 지나게 되면 오

일째가 되는 셈이었다.

그때 당랑귀녀가 정영에게 마지막으로 했던 말이 귓가에 들리는 것 같았다.

'다시 만나면 검으로 대답해 주겠어.'

점창파의 원한을 풀려는 정영, 그리고 결투를 받아들인 당랑귀녀.

피할 수 없는 싸움이 곧 주작호에서 벌어지리라.

무명은 어찌해야 될지 알 수 없었다.

문파 사형제의 복수를 하려는 정영을 막을 수는 없는 일이었다. 그러나 정영이 강호 사대악인에 속하는 당랑귀녀를 쉽게 이길 수 있을까? 만약 무공 수위가 크게 차이 나서 그녀가 다치기라도 한다면?

그렇다고 점창파의 일에 무작정 끼어들 수도 없었다. 아니, 제삼자인 무명이 도우려고 했다가는 오히려 정영의 분노를 살지도 몰랐다.

진퇴양난.

그런데 무명이 선택을 주저할 겨를도 없었다.

이강이 태연자약하게 태평루를 향해서 걸어가더니 당랑귀녀에게 말을 걸었던 것이다.

"곡조는 아름다운데 음율에 실린 감정이 청승맞군."

그러자 낭랑하게 이어지던 피리 소리가 뚝 끊겼다.

당랑귀녀가 이쪽을 향해 천천히 고개를 돌렸다.

"누구시죠?"

"네년, 또 정신이 오락가락하는구나."

이강이 태평루로 훌쩍 몸을 날렸다. 무명도 그의 뒤를 따라 지붕 위로 올라갔다.

"강호 사대악인 이강? 당신은 서생님이 아니신가요?"

백의를 걸치고 긴 머리를 흘러내린 당랑귀녀의 모습은 육룡채에서 봤을 때처럼 강호도 무공도 모르는 순수한 여인처럼 보였다.

5장.

태평루의 참극

무명은 몸을 날려서 태평루의 지붕 위로 올라갔다.

태평루는 무명이 관음보살상을 쓰러뜨리기 위해 지렛대처럼 썼던 여파로 균형을 잃고 기울어 있었다. 또한 근처 호숫가는 관음보살상이 폭파된 뒤에 남은 잔해가 곳곳에 널려 있어서 살풍경한 전쟁터에 온 기분마저 들었다.

그러나 지금 태평루의 지붕은 마치 선계 같았다.

바로 당랑귀녀의 존재 때문이었다.

백의를 걸치고 긴 머리를 흘러내린 채 죽적(竹笛)을 불고 있는 당랑귀녀.

그녀는 무명과 이강이 지붕에 올라오자 잠깐 고개를 돌렸다가 다시 대나무 피리를 불기 시작했는데, 청아한 대나무 피리 소리가 검은 호수 물에 반사되어 울려 퍼지자 마치 신선이 사는 세상 같은 분위기를 자아냈던 것이다.

그때 이강이 전음을 보냈다.

[선녀? 웃기는군.]

그의 목소리는 웃음기가 섞여 있으면서도 동시에 진지했다.

[안심하지 마라. 저년은 저럴 때가 가장 위험해.]

[…육룡채에서 봤던 것처럼 성정이 확 바뀌었군. 정신이 이상해진 것이오?]

그런데 이강의 대답은 뜻밖이었다.

[지금이 제정신이다.]

[뭐라고? 말도 안 되는 소리군.]

[사람은 미쳤을 때보다 제정신일 때가 더 위험하지. 아니, 자기가 제정신이라고 여길 때야말로 정말 위험한 법이다, 후후후.]

이강의 말에 가시가 숨어 있었다.

그때 피리 소리가 딱 멈췄다.

당랑귀녀는 입에서 피리를 뗐지만 여전히 고개를 돌리지 않은 채 검은 호수 물을 바라보며 말했다.

"이강, 서생님. 두 분이 여기는 어쩐 일이신가요?"

"우리가 여기 있는 게 무슨 상관이지? 태평루를 네년이 통째로 세낸 건 아니잖아?"

이강이 그답게 비꼬면서 말했다.

"아시겠지만 오늘 밤 태평루에서 결투가 있을 거예요. 혹시 방해하실 생각은 아니겠죠?"

기분 탓인지 당랑귀녀의 목소리가 싸늘하게 식어가는 것 같았다.

이강이 두 팔을 활짝 벌리고 어깨를 으쓱했다.

"내가 왜? 싸우든 말든 맘대로 해라."

"서생님, 그쪽은요?"

"……."

무명은 뭐라고 확답을 할 수 없어서 임기응변으로 화제를 바꾸며 물었다.

"결투 장소를 굳이 주작호의 태평루로 정한 이유라도 있소?"

"물론 있어요."

당랑귀녀가 천천히 고개를 돌리며 대답했다.

"손랑과 함께 주작호의 불꽃놀이를 다시 보고 싶거든요."

그녀가 뜻 모를 말을 하자 무명은 이강에게 물었다.

[손랑이 누구요?]

[…점창파의 제자다. 정영 년의 사형인 것 같군.]

그 말에 무명은 귀가 솔깃해졌다.

당랑귀녀는 점창파의 사형제를 죽인 일로 정영과 불구대천의 원수지간이 되었으니, 그녀와 점창파에 얽힌 과거가 문득 궁금해졌던 것이다.

그런데 '손랑'이라는 말이 이상했다.

젊은 여인이 남자의 성 뒤에 랑(郞) 자를 붙이는 것은 주로 연인을 호칭할 때다. 한데 점창파와 척을 진 당랑귀녀가 무슨 연유로 점창파 제자를 그렇게 부르는 것일까?

당랑귀녀가 다시 호수 쪽으로 고개를 돌렸다. 마치 검은 호수 물이 그녀의 마음을 과거 추억 속으로 이끄는 것처럼 보였다.

그녀가 천천히 과거를 얘기하기 시작했다.

"저는 어려서부터 아버님에게 무공을 배웠어요. 어머님은 제가 태어날 때 돌아가셔서 얼굴을 몰라요. 그런데 열세 살이 되던 날, 마을의 관리가 누명을 씌워서 아버님을 처형했죠. 저는 관리의 첩으로 들어갔지만 첫날밤에 도망쳤어요."

그녀의 얘기는 무명과 이강에게 들려주기 위해서가 아니라 혼자서 옛날을 회상하는 식이어서 두서가 없었다.

그런데 이강이 슬쩍 전음을 보냈다.

[모두 사실이군. 딱 하나 말을 안 했지만.]

[그게 뭐요?]

[첫날밤에 그냥 도망친 게 아니라 관리의 목을 베었다.]

무명은 등줄기에 소름이 돋았다.

어린 나이에 탐관오리의 목을 베고 도망친 당랑귀녀. 아버

지의 복수를 한 셈이지만, 어쨌든 그녀의 삶은 처음부터 예사롭지 않았던 것이다.

당랑귀녀가 말을 계속했다.

"강호를 줄곧 헤매던 저를 받아준 곳은 하남의 공손세가(公孫世家)였어요. 공손세가의 가주 공손박은 저를 친딸처럼 기르고 무공을 가르쳐 주었죠."

무명은 무심코 고개를 갸웃거렸다. 지금 얘기대로라면 그녀가 강호의 악인이 될 이유가 전혀 없어 보였기 때문이다.

그러나 모든 것은 기만이고 속임수였다.

"제가 세가에 들어간 지 삼 년째 되는 날, 공손박은 강제로 저와 방사를 치르려고 했어요."

그때 이강이 쓴웃음 섞인 전음을 보냈다.

[처음부터 채음보양이 목적이었군.]

무명이 의문을 물었다.

[그럼 삼 년 동안 왜 딸처럼 받아준 거지?]

[공손박 놈의 본처가 그때 죽은 것 같다.]

[정실이 죽자 기회를 틈타 당랑귀녀에게 손을 뻗쳤다는 말이오?]

[그래. 하지만 저년 생각이 하도 오락가락해서 확실하진 않다.]

무명은 무심코 침을 꿀꺽 삼켰다. 삼 년간 친딸처럼 대하다가 처가 죽자 욕정을 드러낸 공손세가의 가주. 만약 그게 사

실이라면 당랑귀녀의 삶은 너무나 기구해서 어처구니가 없을
정도가 아닌가?

이강이 킬킬대며 덧붙였다.

[또 말을 안 하는군. 저년, 공손세가에서 도망치면서 공손
박 놈의 목도 베었다. 어려서부터 검 쓰는 데는 도가 튼 년이
군.]

[그게 우습소? 누가 악인 아니랄까 봐.]

당랑귀녀가 마치 이강의 전음을 들은 것처럼 말을 이었다.

"관과 무림은 공손세가에서 도망친 저에게 현상금을 붙였
어요. 관은 잔인무도한 살인자로, 무림은 의부를 죽인 배은망
덕한 악녀라고 부르더군요."

그녀의 얘기는 들으면 들을수록 놀라웠다.

"그때부터 저는 강호를 떠돌며 닥치는 대로 일을 했어요."

[주로 흑점을 돌아다니며 청부 살수 일을 했군, 후후후.]

"어느 날, 이곳 주작호에 오게 됐는데 마침 불꽃놀이를 하
는 날이었죠."

[그날 밤도 누구 하나 죽여달라는 청탁을 받고 주작호에 왔
군.]

이강은 당랑귀녀의 생각을 읽고 부연하듯이 전음을 보냈
다.

그런데 이강마저 비아냥대지 못할 얘기가 곧 그녀의 입에서
흘러나왔다.

"태평루에서 본 불꽃놀이는 너무 아름다웠어요. 그때, 도검을 든 사내 네 명이 저를 둘러싸더니 어디론가 끌고 가려고 했죠."

드디어 태평루에 얽힌 이야기가 시작되었다.

"그때, 손랑이 끼어들어서 사내들을 무찌르고 저를 구해줬어요."

갑자기 당랑귀녀가 고개를 획 돌려서 무명을 봤다.

"서생님처럼 얼굴이 회고 청의를 청수하게 걸친 분이셨죠."

"……."

그녀의 눈빛에 정분이 가득 담겨 있어서 무명은 자기도 모르게 움찔했다. 혹시 손랑이란 자와 무명을 착각하는 것일까? 정신이 오락가락하는 당랑귀녀의 상태를 보면 충분히 가능한 일이었다.

당랑귀녀의 이야기는 계속해서 길게 이어졌다.

손랑의 본명은 손정기로, 점창파의 제자였다.

세 사형과 함께 강호행을 하던 중 주작호에 방문한 그는 악당들의 손에서 당랑귀녀를 구해준 인연을 계기로 그녀와 사랑에 빠졌다. 물론 그녀가 흑점의 살수라는 것을 까맣게 몰랐기 때문에 가능한 일이었다.

손정기는 네 명의 남자 제자 중 막내였다. 나중에 안 사실이지만, 정영은 손정기 바로 뒤의 항렬이었다.

그러던 중 손정기의 사형들이 당랑귀녀의 정체를 알아차리고 말았다.

그런데 이어지는 이야기가 충격적이었다.

"손랑의 대사형은 저에게 그와 헤어지라고 했어요. 저는 손
랑에게는 말 안 하고 그날 밤 바로 길을 떠났어요."

문제는 다음이었다. 대사형은 길을 떠난 당랑귀녀의 뒤를
은밀하게 쫓아와서는 슬픔에 빠져서 넋을 잃은 그녀를 점혈하
였던 것이다.

"그는 제 옷을 벗긴 뒤 겁간했어요."

"……!"

무명은 충격에 빠져서 할 말을 잃었다. 항상 독설을 퍼붓는
이강도 이때만큼은 굳은 얼굴로 입을 열지 않았다.

점창파는 중원 구대문파의 하나로, 표홀한 검법으로 유명
한 명문정파다. 그런 점창파의 제자가 인륜에 어긋나는 짓을
행하다니?

이강이 씁쓸한 목소리로 말했다.

[대사형이란 놈, 당랑귀녀를 처음 봤을 때부터 욕정을 품고
있었군.]

[그것도 당랑귀녀의 생각을 읽은 것이오?]

[아니. 내가 짐작한 거다. 욕정을 품은 여인이 막내와 사랑
에 빠지자 차마 손을 댈 수 없었겠지. 그런데 여인이 흑도의
살수라는 것을 깨닫자 아무 죄책감 없이 겁간한 게 아니고 뭐
겠냐?]

이강의 추측은 확실히 일리가 있었다.

아무 연고 없이 강호를 떠돌며 살수로 살아가는 여인. 게다가 관과 무림의 수배까지 받고 있는 몸이다. 그런 여인을 겁탈한다고 해서 비밀이 새어 나갈 염려는 없지 않은가.

그런데 악몽은 그것으로 끝이 아니었다.

"대사형이 가버리자 저는 객잔에서 목을 매려고 했어요. 그때, 손랑의 둘째 사형이 찾아와서 제 몸을 범했어요."

무명과 이강은 굳은 얼굴로 신음을 흘렸다.

대사형에 이어서 둘째 사형까지 그녀를 겁간했다고? 당랑귀녀를 처음 봤을 때 욕정을 품었던 자는 대사형 혼자가 아니었던 것이다.

충격에 빠져 있던 그녀에게 이번에는 손정기의 셋째 사형이 찾아왔다.

"그는 내게 다시는 강호에 돌아오지 말고 떠나라고 협박했죠."

대사형과 둘째 사형이 그녀에게 욕정을 품고 일을 저지르리라는 것을 예측하고 있던 그는 몰래 뒤처리를 하려고 그녀를 찾았던 것이었다.

그리고 떠나면서 한 움큼의 은자를 그녀에게 던졌다.

마치 기녀에게 화대를 주듯이.

"저는 강호를 떠나지 않았어요. 이후로 손랑과는 다시 만나지 못했어요."

당랑귀녀의 목소리는 이제 아무 감정도 실려 있지 않았다.

그녀는 모든 얘기가 끝났는지 다시 대나무 피리를 불기 시작했다. 삘릴리리. 피리 소리는 이전처럼 청아했지만 어쩐지 말 못 할 슬픔이 배어 있는 것처럼 들렸다.

그때 이강이 입꼬리를 말아 올리며 말했다.

[거짓말을 하고 있군.]

[대체 무슨 독설을 하려는 거요?]

무명은 기구한 당랑귀녀의 삶마저 비웃는 이강이 못마땅했다. 그런데 그의 말을 듣자 단순히 비아냥대는 것이 아님을 알 수 있었다.

[저년, 그날 밤 떠나지 않고 다시 사형제에게 돌아갔다.]

[뭐라고?]

이어지는 이강의 말은 당랑귀녀의 고백만큼이나 충격적이었다.

당랑귀녀는 검 한 자루를 들고 점창파 사형제의 숙소로 돌아갔다. 그리고 욕정을 풀고 곯아떨어진 대사형과 둘째 사형의 목을 차례로 베었던 것이다.

계속해서 그녀는 셋째 사형의 목숨도 끊어놓았다.

그는 두 명의 사형과는 달리 거세게 반항하며 싸웠다. 하지만 그 바람에 십여 차례 이상 당랑귀녀의 검에 맞아야 했기 때문에 오히려 가장 고통스럽게 죽고 말았다.

그리고 마지막으로 그녀는……

[손정기의 목을 베었군.]

[……!]

무명은 그만 입을 딱 벌리고 말았다.

[사형제 네 명을 모두 죽였단 말이오?]

[그래.]

[손정기는 아무 잘못도 없는데 왜 죽인 거지? 서로 사랑하는 사이가 아니오?]

[그거야 나도 모르지.]

이강이 어깨를 으쓱하면서 대답했다.

[더러운 사형제 때문에 손정기 놈까지 죽이고 싶어졌는지, 아니면 정신이 오락가락해서 아무한테나 검을 휘둘렀는지 내가 알 게 뭐냐? 후후후.]

이강은 더 말을 하지 않았으나 무명은 이후 일이 어떻게 돌아갔는지 짐작할 수 있었다.

하룻밤 사이에 명문정파의 사형제 네 명을 죽인 당랑귀녀.

사람들은 추한 소문을 좋아한다. 추문은 사람들 입에서 입으로 전해질수록 점점 살이 붙게 마련이다.

안 그래도 관과 무림의 수배를 받고 있던 그녀는 세상 모든 이에게 쫓기는 신세가 되었으리라. 또한 세상은 남자를 유혹해서 목을 벤다는 뜻으로 '당랑귀녀'라는 악명을 그녀에게 붙인 뒤 그녀를 강호 사대악인으로 칭했으리라.

그제야 그녀가 툭하면 성정이 바뀌는 것도 이해되었다.

그런 일을 겪고서 제정신이 붙어 있는 게 오히려 이상할 테
니까.

그때, 당랑귀녀가 피리 불기를 멈추더니 검지로 북쪽 하늘
을 가리키며 말했다.

"저기 봐요! 불꽃이 정말 아름답지 않나요?"

무명은 무심결에 시선을 돌리다가 얼굴이 굳어버렸다. 그녀
가 가리킨 하늘은 불꽃은커녕 달빛조차 새어 나오지 못할 만
큼 구름이 잔뜩 끼어 있었기 때문이다.

"사람은 죽기 전에 동정호(洞庭湖)를 구경해야 된다는 말이
있죠. 저는 그 말에 반대예요. 주작호도 동정호만큼 아름다우
니까. 서생님, 안 그런가요?"

"…그렇소."

지금 주작호는 전쟁터나 다름없는 몰골이었으나 무명은 그
녀의 말에 반박할 수 없었다.

그때였다.

무명, 이강, 당랑귀녀 말고 태평루의 지붕 위에 또 다른 그
림자가 나타났다.

"모두 헛소리다!"

당랑귀녀의 얘기를 일축한 자는 다름 아닌 정영이었다.

"대사형과 둘째 사형이 너를 겁간했다고? 게다가 셋째 사형
은 돈을 줘서 일을 묻으려 했다고? 모두 거짓말이다!"

그녀가 서슬 퍼런 눈으로 당랑귀녀를 노려보며 일갈했다.

그 말을 들은 무명은 상황을 짐작할 수 있었다.

'정영도 이미 태평루에 와 있었군.'

그녀가 언제 태평루로 접근했는지는 알 수 없으나 적어도 당랑귀녀가 점창파 사형제와의 일을 얘기할 때는 근처에 있었 던 게 분명했다.

아마도 정영은 당장 지붕 위로 뛰어오르려다가 사형제 얘기 를 듣자 자기도 모르게 발을 멈췄을 것이다. 그리고 숨소리를 죽인 채 당랑귀녀의 얘기를 들으면서 충격에 몸을 떨었으리 라.

당랑귀녀가 정영에게 스윽 고개를 돌렸다.

"거짓말이라고요?"

"그렇다! 강호 사대악인 따위의 말을 누가 믿는다는 말이 냐?"

"나도 처음부터 사대악인이었던 것은 아니에요."

"그 입 닥치라니까! 내 사형들은 절대……."

"절대 그럴 사람들이 아니라고?"

정영이 악에 받쳐 소리칠 때 누군가가 말을 자르며 끼어들 었다.

"그 말 자신할 수 있냐? 네 사형들이 여인 하나를 겁간할 인물은 절대 아니라는 거지?"

냉담한 목소리로 말을 늘어놓는 자는 바로 이강이었다.

정영이 발끈해서 되받아쳤다.

"당연하지! 그걸 말이라고 하냐?"

"뭐, 좋다. 너는 그렇게 생각한다고 치자고. 근데 말야, 저년도 거짓말을 하고 있진 않거든? 그럼 누구 말이 사실이라는 거지?"

"같은 사대악인이라고 두둔하는 거냐?"

"두둔? 난 저년 보는 게 오늘로 세 번째다."

이강이 검지로 당랑귀녀를 가리키며 웃음을 흘렸다.

"사대악인? 명문정파 놈들이 멋대로 붙인 말이지. 정작 피해를 본 사람은 따로 있는데 말이다, 후후후."

그의 미소는 여느 때와 달리 남을 비아냥거리기보다 오히려 씁쓸한 기운이 깊이 배어 있었다. 때문에 정영도 바로 반박하지 못하고 흠칫 놀랐다.

갑자기 정영이 무명에게 고개를 돌렸다. 두 악인이 서로 말을 맞춘 것 같은 상황. 그녀의 두 눈에는 무명더러 자신을 도와달라는 듯한 기색이 역력했다.

"무명, 뭐라고 말 좀 해주시오! 내 사형제는 그럴 분들이 아니오!"

"……."

무명은 무어라 대답할 수 없었다.

이강은 지하 감옥에서 처음 만났을 때 당랑귀녀와 점창파에 얽힌 얘기를 말해줬다. 점창파의 사형제 네 명을 유혹해서 방사를 치르고 목을 베었다는 추문. 잠자리를 한 남자의 목을 벤다고 해서 붙은 끔찍한 별호, 당랑귀녀.

그런데 방금 고백하듯이 말한 그녀의 얘기는 추문과 전혀 달랐다.

당랑귀녀의 고백을 들으면서 이강은 그녀의 머릿속 생각을 동시에 읽었으리라. 그런 그가 정영의 말에 코웃음을 치는 까닭은?

즉, 당랑귀녀가 한 얘기가 모두 사실이라는 뜻이었다. 이강은 자기 말마따나 누구를 두둔할 위인이 절대 아니니까.

이강이 쓴웃음을 지으며 말을 이었다.

"명문정파 놈들이 항상 하는 말이 있지. 내가 아는 누구는 그럴 분이 아니다, 그분이 그런 짓을 저지를 리 없다. 그런데 과연 그럴까?"

"……."

정영은 참담한 얼굴로 그의 말을 듣다가 곧 입술을 굳게 다물었다.

마치 서리가 내린 들판처럼 싸늘한 표정.

평소 성정이 밝은 사람이 한번 화가 나면 무서운 법이다. 아니나 다를까, 정영이 당랑귀녀를 보며 바위처럼 가라앉은 목소리로 말했다.

"더 이상 네 거짓말을 들어줄 수 없군. 검으로 대답해라."

"좋아요."

그런데 정영을 향해 몸을 돌린 당랑귀녀가 뜻 모를 말을 했다.

"점창파에게 진 모든 은원을 오늘 청산하기로 하죠."

그 말을 들은 무명은 고개를 갸웃거렸다.

은원이라고?

은원(恩怨)은 은혜와 원한을 뜻하는 말이다. 한데 당랑귀녀
는 그녀의 말에 따르면 점창파의 사형제에게 원한을 졌으면
졌지, 받은 은혜는 없지 않은가?

척! 정영이 척사검을 들어 당랑귀녀를 겨누었다.

무명은 무심결에 둘 사이에 끼어들려고 했다. 정영도 당랑
귀녀도 강호의 은원에 얽힌 피해자일 뿐, 서로 목숨을 빼앗아
야 할 이유는 없다고 생각했기 때문이다.

그런데 이강이 전음을 보냈다.

[그냥 놔둬.]

[⋯그럴 수는 없소.]

[둘이 알아서 해결하도록 놔둬라. 강호의 은원을 푸는 데
끼어들 자격이 있는 자는 아무도 없으니까.]

그 말에 무명은 점혈당한 것처럼 움직임을 멈췄다.

사문의 추문에 얽힌 원한과 한 여인의 삶을 파괴한 참극.

누가 둘의 일에 끼어들 수 있단 말인가? 게다가 평소 '빚을
갚는다'라는 말을 신조처럼 떠벌리는 이강이 얘기하자 더욱
은원에 대한 무게감을 느낄 수 있었다.

이강은 아예 비무를 구경하는 것처럼 지붕 위에 양반다리

를 하고 털퍼덕 앉았다.

"두 눈이 없어서 싸움을 직접 못 보는 게 천추의 한이군, 후후후."

"……."

무명이 이러지도 저러지도 못하고 있을 때 결투가 시작되었다.

"받아랏!"

정영이 몸을 날리며 척사검을 내질렀다.

하지만 당랑귀녀는 일자로 꼿꼿이 선 채 꼼짝도 하지 않았다. 그러다가 검 끝이 코앞으로 날아드는 순간, 몸을 비스듬히 기울이는 동시에 척사검을 향해 무언가를 쭉 뻗었다.

놀랍게도 그녀가 출수한 것은 병장기가 아니라 방금까지 낭랑한 곡조를 불어대던 대나무 피리였다.

탁. 대나무 피리가 척사검의 검면을 살짝 두드렸다.

순간, 정영이 출수한 검로(劍路)가 크게 반원을 그리며 휘어졌다. 물론 척사검은 당랑귀녀를 지나쳐서 허공을 찌르고 말았다.

일검이 빗나가자 정영이 분노하며 외쳤다.

"검을 뽑아라!"

겉으로 보이지는 않으나 당랑귀녀는 풍성한 옷자락 속 어딘가에 도검을 지니고 있는 것 같았다. 검을 뽑지 않고 대나무 피리만으로 응수하고 있으니, 정영이 화를 내는 것도 당연했다.

정영이 계속해서 연속으로 삼검을 출수했다.

쉬쉬쉭!

그러나 당랑귀녀는 이번에도 검을 뽑지 않았다.

대나무는 질기고 단단해서 쉽게 자를 수 없다. 때문에 가난한 평민이나 도적 떼가 대나무를 깎아 만든 죽창을 애용하는 것은 물론, 무공 고수도 대나무로 만든 단봉을 애병으로 쓰는 경우를 찾을 수 있었다.

문제는 정영의 공격이 찌르기 위주라는 점이었다.

베기 위주인 도(刀)에 맞설 때는 대나무 단봉도 충분히 통하는 병장기다. 하지만 정영의 사일검법은 전광석화처럼 내지르는 찌르기가 강점이 아닌가?

한 치라도 웅수가 어긋날 경우 대나무를 쪼개고 심장을 꿰뚫을 정영의 검격.

하지만 당랑귀녀의 수법은 상상을 초월했다.

척사검이 몸을 관통하려는 찰나 그녀는 대나무 피리를 검면에 붙인 다음 살짝 밀거나 당겼다. 그 작은 차이가 척사검이 앞으로 나아갈수록 더욱 크게 검로를 벗어나도록 만들었던 것이다.

결국 정영의 삼검은 당랑귀녀의 옷자락도 스치지 못한 채 허공을 찔렀다.

"검을 뽑으라니까!"

정영이 분노하며 미친 듯이 검격을 출수했다. 쉬쉬쉬쉭! 당랑귀녀 역시 우아한 동작으로 대나무 피리를 재빠르게 휘두르며 응수했다.

이강이 말했다.

"꼭 검무(劍舞)를 추는 것 같군."

두 눈이 없는 그도 당랑귀녀의 움직임이 만들어내는 공기의 흐름을 읽고 감탄하며 한마디 던진 것이었다.

당랑귀녀는 봉법만 대단한 게 아니었다. 척사검이 그리는 검망은 참새 한 마리 빠져나갈 수 없을 만큼 촘촘했으나, 당랑귀녀는 몸을 크게 움직이지 않고 비스듬히 한 걸음 옮기는 것만으로 검망을 매번 아슬아슬하게 피해 버렸다.

정묘한 봉법과 어우러진 신법의 조화.

둘 중 어느 하나가 부족해도 금세 검에 꿰뚫려 버릴 위험천만한 곡예를 당랑귀녀는 태연자약하게 펼쳐냈다.

그렇다고 당랑귀녀의 무공이 정영보다 한 수 위라고 볼 수는 없었다.

"이야아앗!"

좀처럼 공격이 통하지 않자 정영은 더욱 미쳐 날뛰며 검을 출수했다.

망자와 싸울 때와는 달리 마구잡이로 날리는 검격.

수백 명의 망자 떼와 맞서도 칼날처럼 침착하던 태도는 전혀 찾아볼 수 없이 복수와 광기에 매몰된 모습.

즉, 당랑귀녀가 대나무 피리로 사일검법에 대항할 수 있는
것은 무공 수위의 차이가 아니라 정영 스스로 흥분한 이유가
컸다.

두 여인이 그려내는 공방은 화려한 극단이 연기하는 검무
처럼 아름다웠다.

그러나 무명은 뭐라 말할 수 없는 참담함을 느꼈다.

아끼던 사형제의 죽음도 원통한데, 실은 그들의 죽음이 부
도덕한 짓을 저질러서 받은 자업자득이라니? 강호의 어떤 이
가 냉정을 유지할 수 있단 말인가?

당랑귀녀의 얘기가 사실인지 아닌지를 떠나서 정영은 이미
심정이 크게 흔들렸던 것이다.

"빨리 검을 뽑아라, 이 거짓말쟁이야!"

정영이 무차별로 검을 날리며 소리쳤다.

"막내 사형이 너같이 음탕한 년과 사랑에 빠졌다고? 모두
헛소리다!"

순간, 당랑귀녀가 눈을 홱 치켜뜨며 정영을 노려봤다.

"뭐라고? 다시 말해봐!"

"막내 사형이 너 같은 년과 정분을 나눴을 리가 없어!"

"네가 감히 손랑을 모욕해?"

당랑귀녀의 목소리는 어느새 무명이 지하 감옥에서 당랑귀
녀를 처음 만났을 때처럼 카랑카랑하게 바뀌어 있었다.

"점창파의 명맥을 오늘 완전히 끊어주마!"

지금까지 정영의 검격을 방어하기만 하던 당랑귀녀가 반대로 대나무 피리를 찌르면서 몸을 날렸다.

당랑귀녀가 갑자기 공세로 돌아서자 정영은 영문을 몰라서 흠칫 놀랐지만 곧바로 정신을 차리며 검을 틀어쥐었다.

"와라, 이 악녀야!"

몸을 날린 두 여인이 공중에서 충돌했다.

떠떠떵!

귀를 먹먹하게 만드는 굉음이 터졌다. 정영이 출수한 세 번의 검격을 당랑귀녀가 대나무 피리로 검면을 때려서 막아낸 소리였다.

지금까지 검로만 살짝 바꿔서 응수하던 것과는 천지 차이인 수법.

검격을 모두 파훼한 대나무 피리가 정영의 가슴팍을 관통해 버릴 기세로 날아들었다.

쉬이익!

하지만 정영도 당랑귀녀의 일 초에 허무하게 당할 자가 아니었다.

대나무 피리가 명치를 강타하려는 찰나 그녀가 손목을 뒤집으며 척사검을 빙글 돌렸다. 그리고 거꾸로 잡은 척사검의 검 잡이로 대나무 피리를 위로 쳐냈다.

탁!

회심의 일격이 정영의 임기응변에 막히자 당랑귀녀의 눈빛이 귀신처럼 돌변했다.

"이년! 죽어라!"

그녀가 흉흉한 안광을 뿜어내며 다시 정영에게 몸을 날렸다.

하지만 정영은 먼저 흥분해서 마구잡이로 검을 출수하던 것과 달리 침착하게 당랑귀녀의 움직임을 보면서 척사검을 내질렀다.

슈웃! 군더더기 하나 없는 깨끗한 일검.

당랑귀녀가 악인의 면모를 되찾자 정영은 오히려 흥분이 가라앉았고 무심결에 벼락처럼 사일검법의 정수를 터뜨렸던 것이다.

대나무 피리는 단봉과 비교해도 어른 손바닥 길이만큼 짧았다. 반면 척사검은 보통 검보다 한 뼘 이상이 훨씬 긴 검이다.

두 병장기 중 어느 것이 먼저 상대를 꿰뚫을지는 누가 봐도 명확했다.

그때, 둘의 격돌을 지켜보던 무명은 무언가 섬뜩함을 느꼈다.

당장 척사검에 가슴을 꿰뚫릴 당랑귀녀가 얼음처럼 싸늘한 미소를 짓는 것이 아닌가?

'위험하다!'

그는 다급히 둘 사이로 뛰어들려고 했지만, 때는 이미 늦어 있었다.

스스슥. 당랑귀녀가 일직선으로 찌르던 대나무 피리를 비스듬히 눕히며 척사검의 검면에 대고 눌렀다. 성정이 바뀌기 전에 척사검의 검로를 능수능란하게 바꾸던 그 수법.

이어서 그녀가 풍성한 옷자락 속에 손을 넣는가 싶더니 날이 시퍼런 검 한 자루를 뽑아 들었다.

보통은 검을 뽑은 다음 베기 위해서는 높이 치켜드는 한 번의 동작을 더 거쳐야 한다. 그러나 당랑귀녀는 검을 역으로 쥐고 뽑았기 때문에 팔을 드는 동작 없이 그대로 대각선으로 그어버리는 일 초가 가능했다.

좌아악!

정영의 가슴에 서슬 퍼런 검광이 번뜩였다.

"크윽!"

곧이어 청의의 가슴 부분이 대각선으로 갈라졌다. 툭. 그리고 청의가 붉게 물들기 시작했다.

"아하하하! 점창파의 멸문이 머지않았구나!"

어두운 태평루의 지붕 위에서 귀곡성이 울려 퍼졌다. 당랑귀녀의 눈빛과 목소리는 무명이 지하 감옥에서 만났을 때처럼 욕정과 살기가 가득 차 있었던 것이다.

"네년도 사형제처럼 목을 베어주마!"

당랑귀녀가 검과 대나무 피리를 양손에 들고 정영에게 뛰어들었다.

무명은 지금이라도 둘 사이에 끼어들어서 정영을 구하려고 했다. 그러나 일검을 맞은 정영이 청의가 피로 흠뻑 물드는 것은 아랑곳하지 않고 당랑귀녀에게 몸을 날리는 바람에 기회를 놓치고 말았다.

두 여인은 자신의 목숨을 도외시한 채 격돌했다.

욕정과 살기에 가득 차서 점창파를 모욕하는 당랑귀녀.

사형제의 복수를 이루고 사문의 치욕을 씻으려는 정영.

둘은 이제 자신의 목숨은 신경 쓰지 않고 상대를 검으로 꿰뚫겠다는 일념하에 초식을 출수하기 시작했다.

채채채챙!

둘 중 하나가 죽어야 끝나는 결투.

당랑귀녀는 정영의 검로를 피하거나 빗나가게 하려는 시도는 전혀 하지 않은 채 미친 듯이 검과 대나무 피리를 베고 휘둘렀다.

정영 역시 마찬가지였다. 당랑귀녀의 검망을 피하기는커녕 오히려 사일검법의 수법을 써서 그 속으로 몸을 내던지며 연속으로 검을 뻗었다.

그녀가 입은 부상은 결코 가볍지 않았다. 그러나 당랑귀녀가 사형제를 모욕하는 말을 내뱉자 그녀는 분노에 가득 차서 고통을 잊어버렸던 것이다.

채채챙! 차차차창!

순식간에 십여 차례가 넘는 격돌음이 터졌다.

이제 천지를 뒤집는 고수가 등장한다고 해도 둘의 결투를 막을 수 없었다. 억지로 싸움을 막으려들다간 반대로 둘 간의 균형을 깨뜨려서 한쪽이 검에 꿰이고 말 테니까.

무명이 참담한 심정으로 결투를 보고 있을 때, 이강이 전음을 보냈다.

[크크크, 누가 명문정파고 누가 악인인지 모르겠군.]

[……]

무명은 말없이 이강을 노려보았지만 그의 말을 부정할 수 없었다.

상대의 목숨을 빼앗고자 동귀어진의 기세로 격돌하는 두 여인의 모습이 피에 굶주린 야차나 다름없었기 때문이다.

그런데 상황이 묘하게 돌아갔다.

당랑귀녀가 성정이 바뀌기 전에는 침착한 대응으로 흥분한 정영을 압도했었다. 하지만 당랑귀녀가 악인의 면모를 되찾자 반대로 정영이 우세에 서기 시작했던 것이다.

그 이유는 바로 사일검법이었다.

악인이 된 당랑귀녀는 초식이 교활하고 손속이 악독해졌다. 그러나 그녀가 사문을 모욕하자 정영은 목숨을 신경 쓰지 않고 상대의 검망으로 몸을 날렸다. 즉, 두려움 없이 몸을 던져서 검을 뻗는 사일검법의 정수가 펼쳐졌던 것이다.

슈웃! 팟! 스팟!

정영의 일검, 일검이 당랑귀녀의 급소를 노리며 날아들었고, 당랑귀녀는 검격을 막는 데 급급해서 공세를 펼치지 못할 정도였다.

하지만 정영이 우세를 점한 것은 잠시 동안에 불과했다.

당랑귀녀의 일검에 베인 상처가 중상은 아니지만 결코 얕지 않았던 것이다. 게다가 격렬하게 몸을 내던지는 사일검법을 연이어 펼치자 상처가 더욱 크게 벌어져서 피가 계속 흘러나왔다.

결국 정영의 몸놀림이 눈에 띄게 둔해지기 시작했다.

"점창파 년아, 어디부터 잘라줄까? 팔다리? 목?"

"……."

"역시 목부터 잘라야겠지? 네년 사형제처럼 말이다, 아하하하!"

당랑귀녀가 미친 듯이 공세를 퍼부으며 정영을 농락했다.

하지만 정영은 식은땀을 흘리며 검격을 막아내느라 입을 열 기운도 없었다. 그녀가 당랑귀녀의 검에 무릎을 꿇는 것은 이제 시간문제였다.

정영도 그 사실을 느꼈는지 신음을 흘리며 무슨 말을 중얼거렸다.

"아기, 미안."

이강이 킬킬거리며 말했다.

[아기? 저년은 손정기란 놈과 나이 차이가 없어서 서로 아명으로 불렀던 것 같군.]

[설명해 달라고 한 적 없소.]

무명은 냉랭하게 쏘아붙였다.

패배를 직감한 정영이 막내 사형의 아명을 입에 담은 이유는 하나였다. 저승에 있을 막내 사형에게 복수를 해주지 못해서 미안하다고 사과하는 것이리라.

순간, 정영의 중얼거림을 들은 당랑귀녀의 눈빛이 일순 흔들렸다.

무명은 침을 꿀꺽 삼켰다.

'큰일이다.'

점창파나 정영의 막내 사형 손정기의 이름을 들으면 성정이 오락가락하며 바뀌는 당랑귀녀.

그녀가 어떤 악독한 수법을 펼칠지 모른다. 무명은 두 여인의 검에 꿰뚫리는 한이 있더라도 정영을 구하기 위해 몸을 던지려고 했다.

그때였다.

정영과 당랑귀녀의 검성 외에는 벌레 울음소리만 나던 태평루에서 괴이한 소리가 들렸다.

스스스슥.

실은 보통 사람의 귀로는 들을 수 없을 만큼 희미한 소리에 불과했다. 그러나 소행자와 우수전의 내력을 흡수한 무명은 귀를 찌르는 검성 속에서도 옷자락 스치는 정도에 불과한 잡음을 무심코 분간해 냈던 것이다.

무명은 고개를 돌려 재빨리 태평루 주위를 살폈다.

갑자기 소리가 딱 멈췄다. 마치 무명에게 들키지 않도록 주의하고 있는 것처럼.

뱀은 먹이를 사냥할 때 잔뜩 머리를 당겼다가 어느 순간 정지한다. 그때가 가장 위험하다…….

순간, 태평루를 둘러싸고 있는 수풀 속에서 수많은 그림자가 불쑥 몸을 일으켰다.

처처처척!

무명이 일갈했다.

"모두 피해!"

동시에 일사불란하게 일어선 그림자들.

만약 그들이 망자였다면 무명은 소리치는 대신 숨을 참고 기척을 없애라고 전음을 보냈을 것이다.

그러나 지금은 단순히 망자 떼에 포위된 것이 아니었다.

그림자들이 하늘을 향해 두 팔을 높이 치켜들더니 일제히 한 팔을 튕겼다.

슈슈슈슛!

귀청을 찢는 파공음이 들리는가 싶더니 안 그래도 먹구름이 잔뜩 낀 하늘이 순식간에 검은 장막으로 뒤덮였다.

순간, 폭풍우가 퍼붓는 소낙비처럼 굵직한 강궁 세례가 태평루 지붕 위를 뒤덮으며 쏟아졌다.

쏴아아아! 투투투투투!

무명은 허리춤에 찬 환도를 뽑아 들기 무섭게 사방팔방으로 미친 듯이 휘둘렀다.

"하아아압!"

팅팅팅팅!

망나니처럼 휘두르는 환도가 강궁의 촉을 박살 내고 대를 부러뜨렸다. 무명은 강궁 몇 발이 몸에 스치는 찰과상을 입었을 뿐, 다행히 정통으로 꿰뚫리는 참사를 모면할 수 있었다.

양반다리를 하고 앉아 있던 이강도 언제 몸을 일으켰는지 쌍검을 뽑아 들고 강궁을 쳐서 공중에 흩날려 버린 뒤였다.

그러나 정영과 당랑귀녀는 사정이 달랐다.

두 여인은 방금까지 동귀어진의 기세로 격돌하던 터라 하늘에서 강궁 세례가 쏟아지자 반사적으로 행동하지 못하고 고개를 치켜들었던 것이다.

그 찰나의 멈칫거림에 두 여인의 운명이 달라졌다.

후두두두둑!

"정영!"

한차례의 강궁 세례를 막아낸 무명이 정영을 구하기 위해 몸을 날렸다.

그러나 막 뛰어들려던 순간, 경악하며 발을 멈췄다. 두 여인은 퍼붓는 강궁 세례를 피하지 못하고 이미 고슴도치 꼴이 되어 있었던 것이다.

"······!"

무명이 넋을 잃고 멍하니 있을 때, 이강이 전음을 보냈다.

[점창파 년, 아직 안 죽었다.]

"뭐라고?"

무명은 너무 놀란 나머지 전음이 아니라 육성으로 일갈했다.

정영과 당랑귀녀는 십여 발의 강궁에 꿰인 채 서로 부둥켜 안은 자세로 꼿꼿이 서 있었다.

그런데 둘을 자세히 살핀 무명은 신음을 흘릴 수밖에 없었다. 강궁 세례는 당랑귀녀의 등에 집중적으로 박혀 있을 뿐, 정영의 몸에는 단 한 발도 스치지 않았던 것이다.

그 사실이 뜻하는 것은 하나였다.

강궁 세례가 퍼부어지는 찰나 당랑귀녀가 정영을 끌어안았다. 그리고 등을 돌려서 자신의 몸으로 십여 발의 강궁을 받아냈다…….

목숨을 건 사투를 벌이던 두 여인은 미처 강궁을 쳐낼 겨를이 없었다. 만약 당랑귀녀가 스스로 강궁을 막는 방패가 되지 않았더라면 그녀도 정영도 십여 발의 화살을 피할 길이 없었으리라.

당랑귀녀가 정영 대신 강궁을 몸으로 받아냈다는 증거는 또 있었다.

바로 정영의 표정이었다.

"대체 왜……."

그녀가 절대 세상에 존재할 수 없는 것을 본 듯한 얼굴로 멍하니 물었다.

그러자 당랑귀녀가 푹 숙이고 있던 고개를 천천히 들었다.

어느새 그녀의 얼굴은 욕정과 살기가 가득한 강호 사대악인이 아니라 강호를 모르는 순수한 여인으로 돌아와 있었다.

"손랑이 아끼는 사매가 있다고 했어……."

두 여인의 얼굴은 맞닿을 만큼 가까웠지만, 당랑귀녀의 시선은 허공에 못 박혀 있어서 그녀가 정영에게 대답을 한 건지 아니면 혼잣말을 중얼거린 건지 알 수 없었다.

갑자기 당랑귀녀가 정영을 힘껏 떠밀었다. 정영은 여전히 정신 나간 얼굴을 한 채 힘없이 세 걸음을 뒤로 물러섰다.

당랑귀녀가 기울어진 지붕을 터벅터벅 걸어갔다. 등에 십여 발이 넘는 화살이 꽂혀 있었으니, 술 취한 사람처럼 좌우로 비틀거리며 절뚝거리는 걸음걸이였다.

그리고 지붕 끝에 다다랐을 때, 당랑귀녀가 주작호를 향해 훌쩍 몸을 날렸다.

탓!

그녀의 신형이 멀리 허공을 날아가다가 포물선을 그리며 아래로 추락했다.

"안 돼!"

정영이 그녀를 따라 몸을 날렸다.

화살처럼 빠르게 날아간 정영의 신형이 공중에서 당랑귀녀를 따라잡았다. 그러나 정영이 막 손을 뻗는 찰나, 검은 호수 물이 당랑귀녀의 몸을 집어삼키고 말았다.

풍덩!

두 여인의 그림자가 동시에 주작호의 물속으로 사라졌다.

잠시 아연실색해서 멍하니 있던 무명이 정신을 차리고 소리쳤다.

"정영!"

그런데 그가 두 여인을 쫓아서 주작호로 뛰어들려고 할 때였다.

[멈춰!]

이강이었다. 무명은 넋이 나간 목소리로 중얼거리듯 말했다.

[하지만 정영이…….]

[당랑귀녀는 모르겠지만 정영은 안 죽었어. 물속으로 가라앉기 전까지는 생각이 들렸다.]

[그럼 더욱 그녀를 구해야…….]

[당장 두 번째 강궁 세례가 쏟아질 거다. 네놈은 지금 뛰면 화살에 꿰여서 죽는다.]

[아무리 그래도…….]

순간, 이강의 말이 신호였던 것처럼 두 번째 강궁 세례가 하늘에서 쏟아졌다.

쏴아아아아!

이강이 쌍검을 한 차례 빙글 돌린 뒤 하늘을 향해 두 번씩 검광을 그었다.

그런데 그는 마구잡이로 검을 휘두르지 않았다. 마치 허공에서 내려오는 괴물을 상대하는 것처럼 처음 일 초는 검로가 가로 세로로 그어지게 베었다. 파팟!

계속해서 활짝 벌린 양팔을 안으로 접는 것과 동시에 두 번째 이 초는 검로가 대각선으로 겹쳐지게 베었다. 파팟!

허공에 열십자와 벨 예(乂) 자가 겹쳐지며 쌀 미(米) 자 검광이 그려졌다.

쏟아지는 강궁 세례를 단 한 발도 통과하지 못하게 만드는 검막. 그야말로 신기에 가까운 수법.

그때였다.

이강의 검초를 보는 무명의 눈빛이 기이하게 번뜩였다.

순간, 무명은 누가 망치로 내려친 것처럼 머리에 심한 격통을 느꼈다. 쿠웅!

'크윽!'

그는 속으로 비명을 토했다.

동시에 머릿속에 누군가의 목소리가 들렸다.

'눈은 기억한다.'

뭐라고? 무명은 영문을 알 수 없어서 이강을 쳐다봤으나, 그는 오히려 입을 굳게 다문 채 무명을 노려보고 있었다. 목소리는 이강이 보낸 전음이 아니었던 것이다.

'그럼 누가?'

문득 이강이 자신을 왜 노려보는지 이유를 깨달았다.

고개를 치켜든 무명의 눈앞에 강궁 세례가 쏟아지고 있었다. 그런 찰나에 고개를 돌려서 이강을 쳐다봤으니, 그는 씁쓸한 심정으로 무명의 최후를 지켜보고 있었던 것이다.

순간, 무명의 왼손이 허리춤에 차고 있던 두 번째 환도를 뽑았다.

두 개의 환도는 전광석화처럼 허공에 두 번 교차하여 쌀 미(米) 자 검광을 그렸다.

파파파팟!

무명의 몸 위로 쏟아지던 화살 비가 검망에 가로막혀서 사방으로 튕겨 나갔다. 후두두둑!

무명이 고개를 돌려 다시 이강을 봤다. 정영을 걱정하느라 흐리멍덩하던 그의 눈빛이 어느새 얼음처럼 차갑게 가라앉아 있었다.

[검법, 잘 배웠소.]

[…….]

그때 뒤늦게 쏘았는지 하늘에서 두 발의 강궁이 마저 무명의 머리로 떨어졌다. 하지만 무명은 이강에게 시선을 고정한 채 가볍게 환도를 놀려서 화살 두 개를 쳐내 버렸다.

팅팅!

무명과 이강은 잠시 서로의 시선에서 눈을 떼지 않았다.

이윽고 이강이 생각을 읽었는지 말했다.

[네놈, 제갈성과 싸울 때처럼 내 수법을 따라 한 거냐?]

[그렇소.]

무명은 마침 정영, 송연화, 남궁유의 수법을 응용해서 제갈
성과 맞섰던 때를 떠올렸던 것이다. 방금 이강이 쌍검을 쓰던
수법을 따라 해서 강궁 세례를 막은 행동이 그때와 판박이처
럼 똑같지 않은가?

문제는 환청처럼 머릿속에 들렸던 목소리였다.

목소리의 주인은… 아마도 백령은침을 시술하고 무명을 세
뇌한 이매망량의 수장이리라.

'놈이 내게 어떤 능력을 심어놓은 게 틀림없다.'

그러나 목소리에 대해 생각할 겨를이 없었다. 당장 눈앞에
닥친 위기를 빠져나가는 게 더욱 중요했다.

[태평루가 금위군에게 포위됐소?]

그런데 돌아오는 이강의 대답이 이상했다.

[아니.]

[뭐라고? 그럼 강궁 세례는 무엇이오?]

[정정하지. 강궁을 쏜 놈들은 금위군이면서 동시에 금위군
이 아니다.]

순간, 무명은 등줄기에 소름이 오싹 돋았다.

[설마 망자가 강궁을 쐈다는 말이오?]

[그래.]

이강의 목소리는 얼음처럼 냉랭했다.

[강궁을 쏜 놈들은 그냥 금위군이 아니다. 금위군 망자들이다.]

[금위군 망자라고? 말도 안 되는 소리!]

무명이 일언지하에 반박했다.

하지만 이상하게도 목소리에 힘이 실리지 않았다. 겉으로는 부인했으나 심적으로는 이강의 말에 동의하고 있었던 것이다.

무명은 고개를 내려 지붕에 고슴도치 가시처럼 박혀 있는 화살을 살폈다.

화살촉은 관통력이 뛰어난 버드나무잎 모양이었으며, 갓은 새의 진짜 깃털을 써서 만든 것이었다. 눈앞의 화살 한 대가 강호 삼류 무사 검 한 자루의 값과 비슷하리라.

금위군의 강궁이 틀림없었다.

게다가 증거는 하나 더 있었다.

[태평루에 접근할 때까지 놈들 생각을 읽지 못한 것이오?]

[그래. 어떤 생각도 들리지 않았고, 지금도 들리지 않는다. 강궁을 쏘는 놈들이 망자라는 뜻이지.]

이강의 대답이 추측을 사실임을 확인시켜 주었다.

망자는 생전에 하던 행동을 그대로 재현한다. 망자가 된 금위군이 강궁을 쏘지 말라는 법은 없다.

그러나 문제는 그게 아니었다.

[강궁 세례가 정확히 태평루의 지붕을 뒤덮었소. 설마 망자들이 금위군처럼 진영을 갖추고 목표를 조준해서 활을 쐈다는 건가?]

[그걸 왜 나한테 묻냐?]

이강이 냉랭하게 툭 쏘았다.

[나도 영문을 모르는 건 마찬가지다. 머리 좋은 네놈이 추리해 보든지.]

[……]

무명은 할 말이 없었다.

지금은 사태를 해석하는 것보다 살아서 빠져나가는 게 중요했다. 하지만 호수에 빠진 정영을 두고 가자니 발이 떨어지지 않았다.

이강이 생각을 읽었는지 말했다.

[우리 둘보다 그년이 더 안전할 거다. 강궁의 힘이 약해지는 곳까지 깊이 잠수해서 호수를 빠져나가면 되니까.]

그 말도 일리가 있었다. 무명은 머릿속에서 정영 생각을 지우고 탈출에 골몰했다.

[세 번째 강궁 세례가 날아오면 막기 힘들 거다.]

[…화살은 세 방향에서 날아왔소.]

[어디냐?]

무명의 머릿속에 먼젓번 두 번의 강궁 세례가 날아오던 장면이 똑똑히 그려졌다. 마치 이강이 쌀 미 자 검광을 그린 수법을 눈에 기억했던 것처럼.

[동쪽, 남쪽, 남서쪽이오.]

태평루의 북쪽은 호수 물이 막고 있으니, 금위군 망자들은 태평루의 남쪽 아래에 반원을 그리듯이 진영을 갖추고 있으리라. 하지만 강궁 세례가 어림잡아 세 방향에서 날아온 것으로 보아 금위군의 진영에 틈새가 있는 것이 분명했다.

그렇다면 여덟 방위에서 틈새는 두 곳이었다. 서쪽과 남동쪽.

[남동쪽으로 나가자.]

[좋소.]

서쪽으로 탈출하면 주작호의 왼쪽을 도는 셈이 되어서 영왕의 구별장 쪽으로 향하게 될 것이다. 그럴 경우 화산파와 마주칠 가능성이 높다.

때문에 무명과 이강은 차라리 조금 돌아가는 길이더라도 비교적 안전한 남동쪽으로 태평루를 빠져나가기로 결정한 것이었다.

[세 번째 강궁 세례가 날아올 때가 신호요.]

[행운을 빌지, 후후후.]

둘은 금위군 망자들이 다시 강궁을 쏘기를 기다렸다.

수풀 속에서 몸을 일으켰던 그림자들은 어느새 기척을 지

운 채 몸을 숨긴 뒤였다. 아마도 강궁을 시위에 메기고 있으
리라. 만약 지금 무작정 지붕에서 뛰어내린다면 오히려 무방
비로 강궁 앞에 나서는 꼴이 될 것이다.

금위군 망자들이 세 번째 사격을 할 때 지붕을 박차고 남
동쪽으로 뛰어내린다. 그리고 네 번째 화살을 시위에 메기
는 틈을 노려 도검으로 금위군 망자들을 베고 활로를 뚫는
다.

그것이 무명과 이강의 계획이었다.

그런데 무언가 이상했다.

금위군 망자들이 좀처럼 세 번째 강궁을 쏘지 않는 것이었
다.

[뭐지? 너무 조용한데?]

[이대로 시간만 축낼 수는 없다. 일단 지붕에서 내려가자.]

둘은 발소리를 조심하며 지붕의 남동쪽 끝 처마로 이동했
다.

그때였다.

처억!

처마 너머에서 금위군 하나가 불쑥 머리를 내밀었다. 그리
고 계속해서 금위군의 양옆으로 동료 금위군들이 처마 위로
머리를 올렸다.

불쑥, 불쑥, 불쑥!

금위군들은 기척과 소리를 없앤 채 그림자 속에 숨어서 태

평루로 접근했던 것이었다.

또한 금위군들이 산 자가 아니라는 사실도 금세 알아차릴
수 있었다.

키에에에엑!

처마 위로 머리를 내민 망자 금위군 십여 명이 무명과 이강
을 보고 괴성을 내질렀다.

이강이 쓴웃음을 지으며 말을 내뱉었다.

[내 이럴 줄 알았지.]

그가 쌍검을 빙글 돌리며 앞으로 찔렀다.

푸푹! 쌍검이 각각 두 명의 금위군 입에 틀어박혀서 목을
뚫고 튀어나왔다.

하지만 금위군은 혈선충의 심맥을 가르지 않는 한 죽지 않
는 망자였다. 두 금위군은 몸을 한 번 움찔했을 뿐, 죽기는커
녕 턱을 다물어서 쌍검을 깨물었다.

아드드득!

[젠장!]

이강이 욕설을 내뱉으며 쌍검을 쥔 두 팔을 활짝 펼쳤다.
촤악! 쌍검은 금위군들의 볼살을 찢으며 빠져나왔지만 그들의
목숨을 끊을 수는 없었다.

무명도 환도를 휘둘러서 코앞에 있는 금위군 하나의 목을
베었다. 촤악!

그러나 목이 사라진 금위군은 처마에서 떨어지기는커녕 오

히려 무명을 향해 몸을 불쑥 내밀었다. 그러자 잘린 목의 단면에서 굵은 혈선충 다발이 거머리처럼 쏟아져 나와 무명을 휘감으려고 했다.

쐐애애액!

무명은 고개를 돌려서 혈선충을 피했다.

동시에 다른 손에 든 환도로 처마에 매달려 있는 망자의 손을 내려쳤다.

턱!

도마 위에 놓인 고기를 써는 것처럼 둔탁한 소리가 났다. 키에엑! 두 손목이 통째로 절단된 금위군은 속절없이 아래로 떨어져 버렸다.

하지만 잘린 손목 두 개는 여전히 살아서 날뛰었다. 손목들은 마치 밀물을 만난 게처럼 다섯 손가락을 움직이며 지붕 위를 기어 왔던 것이다.

타라라락!

그야말로 모골이 송연한 장면.

무명은 환도를 휘둘러서 손목들을 쳐버렸다. 탁! 두 손목은 벌레처럼 손가락들을 버둥거리며 공중으로 날아가 버렸다.

계속해서 망자 금위군들이 두 손으로 처마를 붙들고 위로 머리를 내밀었다. 이강과 무명은 미친 듯이 쌍검과 환도를 내려치고 휘둘렀다.

턱턱턱!

그러나 목이 베이고 손목이 잘려도 망자 금위군은 끊임없이 지붕 위로 기어 올라왔다.

[이래서는 끝이 없다. 태평루가 포위되면 끝장이야.]

[…이미 늦은 것 같소.]

무명의 대답이 신호인 것처럼 태평루 지붕의 사방팔방에서 망자 금위군들이 기어 올라오기 시작했다.

[빌어먹을!]

[욕한다고 뭐가 나아지오?]

[이렇게 된 이상 이판사판이다. 남동쪽으로 뛰어!]

[잠깐. 좋은 방법이 있소.]

[그게 뭐냐?]

무명이 막 설명하려는 찰나, 지붕으로 기어오른 망자 금위군들이 괴성을 지르며 환도를 뽑아 들었다. 키에에엑!

순간, 무명이 몸을 날려 수직으로 뛰어올랐다.

[발을 굴러서 지붕을 무너뜨리는 것이오.]

[오호라, 그런 방법이 있었군.]

이강도 뒤를 이어 공중 높이 뛰어올랐다. 그런데 이강은 먼저 뛴 무명보다 더 빨리 위로 올라가더니 정점을 찍고 밑으로 떨어지는 것이었다.

그가 두 발을 디디며 지붕 위에 착지했다.

탁. 발 딛는 소리는 그다지 크지 않았다. 그런데 지붕 밑에서 나무가 쪼개지는 굉음이 울려 퍼지는 것이 아닌가?

쩌저적!

바로 지붕을 지탱하고 있는 대들보와 서까래가 박살 나는 소리였다.

놀라운 것은 이강의 발에 밟힌 기왓장은 부서지기는커녕 실금 하나 가지 않았다는 점이었다. 격산타우(隔山打牛)의 수법. 즉, 이강은 내력을 운용해서 기왓장은 그대로 둔 채 지붕에 연결된 대들보, 서까래, 기둥으로 타격을 전달한 것이다.

기우뚱! 안 그래도 기울어 있던 태평루의 지붕이 크게 흔들렸다. 그 바람에 무명과 이강에게 달려들던 망자 금위군들이 균형을 잃고 비틀거렸다.

그때, 무명의 눈앞에 방금 이강의 움직임이 그림으로 보는 것처럼 똑똑히 재현되었다.

"……!"

무명은 무의식중에 내공 진기를 끌어 올렸다. 그리고 지붕에 떨어지는 순간, 두 발에 힘을 줘서 착지하지 않고 길게 숨을 내뱉으며 내공 진기의 흐름에 몸을 맡겼다.

후우우욱. 턱.

순간, 지붕 밑에서 굉음이 터졌다. 터엉!

무명은 이강의 수법을 판박이처럼 똑같이 성공시킨 것도 모자라 그보다 두 배 가까이 높은 내력을 격산타우의 원리를 써서 지붕 밑으로 전달한 것이었다.

와지끈! 대들보가 나무젓가락을 동강 낸 것처럼 반으로 꺾였다.

간신히 버티고 있던 태평루 지붕이 무너져 내리기 시작했다.

와르르르르!

망자 금위군들이 처마를 놓치거나 무너지는 지붕과 함께 밑으로 떨어졌다.

[뛰어!]

무명과 이강은 무너지는 처마를 딛고 공중 높이 도약했다.

우당탕탕! 태평루가 먼지를 휘날리며 완전히 무너졌다. 지붕을 빙 둘러서 기어오르던 망자 금위군들은 졸지에 건물 잔해에 매몰돼 버리고 말았다.

무명과 이강은 태평루의 남동쪽 땅바닥에 사뿐히 착지했다.

하지만 안심하는 것도 잠시, 둘은 쌍검과 환도를 틀어쥔 채 등을 맞대고 사방을 주시했다. 언제 어둠 속에서 망자 금위군이 뛰쳐나올지 모르기 때문이었다.

그러나 망자들의 모습은 좀처럼 보이지 않았다.

[태평루로 몰려온 자들이 전부인가?]

[설마. 그날 죽은 금위군 놈들이 한둘이 아니잖아?]

이강의 말은 황태후 행차 때 야영하던 금위군들이 망자에게 당해서 몽땅 망자로 변하지 않았겠느냐는 뜻이었다.

무명도 그 말에 동감했다. 하지만 한 가지 의문이 남았다.

태평루를 급습한 자들은 망자이면서 동시에 금위군이었다. 즉, 산 자를 보면 미친 듯이 달려드는 혈귀이기도 한 반면, 강궁을 조준사격 하고 기척을 없앤 뒤 지붕 위를 기어오르는 등 일사불란하게 움직이는 금위군의 면모를 지니고 있었다.

그렇다면 망자 금위군에게 명령을 내리는 자는 누구일까?

무명이 수수께끼를 궁리할 때였다.

주작호 주변을 둘러싸고 있는 울창한 수풀이 사라락, 사라락 하고 소리를 냈다.

[수풀 소리가 들리오?]

[당연하지. 눈만 멀었지, 귀는 안 멀었다.]

[지금 주작호는 바람 한 점 없소.]

아니나 다를까, 흔들리는 수풀 속에서 십여 명의 망자 금위군들이 일제히 몸을 일으키며 괴성을 질렀다.

키에에에엑!

그들은 수풀 바닥에 바짝 엎드린 채 포복해서 무명과 이강의 코앞까지 다가왔던 것이다.

망자 금위군들이 환도를 휘두르며 달려들었다.

난투가 시작되었다.

촤악! 퍽퍽! 채채챙!

이강과 무명은 쌍검과 환도를 미친 듯이 찌르고 베고 휘둘렀다.

그러나 망자 금위군들의 공세는 쉽게 무너지지 않았다. 그들이 혼백 없는 혈귀처럼 무작정 덤비는 게 아니라 생전에 훈련한 무공으로 도검을 휘둘렀기 때문이었다.

군대의 무공은 강호와는 달리 화려하지 않고 단순한 대신 군더더기가 없고 파괴력이 높다. 강호는 초식의 우열을 가리려고 대결하지만, 군대는 상대를 죽이기 위한 살상 기술을 익히기 때문이다.

게다가 눈앞의 금위군은 목을 베고 심장을 꿰뚫어도 죽지 않는 불사의 군대가 아닌가?

무명은 정신없이 환도를 휘두르는 와중에 전음을 보냈다.

[이들은 그냥 혈귀가 아니오.]

[알고 있다. 놈들을 조종하는 명령자가 따로 있겠지.]

[내 생각은 조금 다르오.]

무명이 자신의 추리를 말했다.

[금위군은 강궁을 조준사격 하고 포복으로 접근했소. 즉, 명령자는 단순히 산 자를 찾아서 덮치라는 게 아니라 군대 명령을 내리고 있소.]

[……]

항상 독설을 내뱉는 이강마저 바로 대답하지 못하고 침음했다.

[그럼 청성 놈이 망자라는 소리냐?]

[그거야 지금은 알 수 없지.]

[이건 위험하군.]

위험하다. 평소의 이강에게서는 절대 들을 수 없는 소리.

사태는 그만큼 심각했다.

[금위군이 진영을 갖추고 포위하면 끝장이다.]

순간, 무명의 눈앞에 어떤 그림이 떠올랐다.

[놈들의 포위망을 일점돌파합시다.]

[어떻게?]

[엎드리시오!]

이강은 무공 고수답게 이유를 묻기 전에 반사적으로 움직였다.

척! 그가 한쪽 무릎을 꿇으며 몸을 낮추는 찰나, 등을 돌리고 있던 무명이 몸을 회전하며 땅바닥을 박찼다. 그리고 이강의 어깨를 밟고 공중 높이 도약했다.

이강의 쌍검을 상대하던 세 명의 망자 금위군은 어두운 밤하늘에서 검광이 떨어지는 것을 알아차리지 못했다.

촤아악! 무명의 일검에 망자 셋의 목이 날아갔다.

[뛰어!]

둘은 목을 잃고 허우적대는 망자를 뒤로하고 금위군의 포위망을 빠져나오는 데 성공했다.

그런데 이강이 싸늘하게 웃으며 말했다.

[늑대 무리를 따돌렸더니 호랑이 굴이 나온 건가?]

간신히 포위망을 탈출한 무명과 이강의 앞을 화산파가 장악한 영왕의 신별장이 가로막고 있었던 것이다.

『실명무사』 10권에 계속…